El palacio varado

Novela

Clara Sánchez
El palacio varado

Planeta

Avda. Diagonal, 662-664, 08034 Barcelona (España)
www.planetadelibros.com

Diseño de la cubierta: Booket / Área Editorial Grupo Planeta
Fotografía de la cubierta: © Imgorthand / Getty Images
Primera edición en Colección Booket: mayo de 2026

Depósito legal: B. 25.203-2026
ISBN: 978-84-08-31976-4
Composición: Realización Planeta
Impreso en España

Biografía

Clara Sánchez nació en Guadalajara, pasó su infancia en Valencia y reside en Madrid, donde estudió la carrera de Filología Hispánica en la Universidad Complutense. Durante bastantes años se dedicó a la docencia. Y hasta la fecha ha publicado dieciséis novelas, entre ellas: *El palacio varado*, *Desde el mirador*, *Últimas noticias del paraíso*, *Un millón de luces*, *Presentimientos*, *Lo que esconde tu nombre*, *Entra en mi vida*, *El cielo ha vuelto*, *Cuando llega la luz*, *El amante silencioso*, *Infierno en el paraíso* y *Los pecados de Marisa Salas*. *Lo inexplicable* es su última novela. Su obra literaria ha sido traducida en más de veinte países. Ha recibido los premios Alfaguara por *Últimas noticias del paraíso* (2000), Nadal por *Lo que esconde tu nombre* (2010), que la lanzó con gran fuerza al mercado internacional (solo en Italia ha tenido más de sesenta ediciones bajo el título de *Il profumo delle foglie di limone*), Planeta por *El cielo ha vuelto* (2013), Mandarache (2013) por *Lo que esconde tu nombre*, el Farolillo de Papel (2019), otorgado por los libreros de Bilbao, y el premio Germán Sánchez Ruipérez (2006) por su artículo «Pasión lectora», publicado en *El País*. En el ámbito internacional, el premio ILCH (1998) de California a su trayectoria literaria, el premio Roma (Italia, 2014) a la mejor novela extranjera por *El cielo ha vuelto*, el premio Baccante (Italia, 2014) y el premio Nazionale Vicenzo Padula (Italia, 2016), entre otros. En Francia fue seleccionada en el Prix des Lecteurs por su novela *Ce que cache ton nom*. Recibió la Medalla de Oro de Castilla-La Mancha en 2011. Y la Medalla de Oro de Guadalajara en 2022. Desde 2023 ocupa la silla X de la RAE.

@clarasanchezwriter

Mi madre

Una vez, cuando era pequeña, tendría unos nueve años, me quedé paralizada en medio de la calle, no en sentido figurado, sino literalmente paralizada, no podía dar un paso, no podía avanzar, tuve los pies clavados al suelo unos minutos hasta que haciendo un gran esfuerzo pude ponerme otra vez en movimiento. No se lo dije a nadie, pero nunca he llegado a olvidarlo del todo, y además, aunque lo hubiese contado, no me habrían hecho caso, habrían pensado que eran imaginaciones mías, porque de ser cierto que las piernas no me respondían, me habría caído al suelo como un trapo. Incluso yo misma podría dudarlo de no habérseme quedado grabado lo que sentí y la imagen de mí misma parada en medio de la acera mientras hacía un gran esfuerzo por echar a andar.

Nos encontrábamos en medio de una mudanza. Tanto mis primos como yo, como mis padres, y creo que mis tíos, trasladábamos cachivaches de una casa de mi abuela a otra situada en la misma calle. Mi abuela aprovechaba cuando íbamos a verla para cambiar muebles, poner cortinas, pintar. Visto con distancia hay que reconocerle que tenía gusto para las casas, todas las que pasaban por sus manos tenían un estilo que ahora llamaríamos casi minimalista y eran muy agradables. Manzanos en una azotea, escalera de caracol de mármol. Tenía ambición, pero nunca pude apreciarla porque mi madre la odiaba, y yo enseguida también la odié, no con mi odio sino con el de mi madre, que era más descomunal que el que yo hubiese podido llegar a sentir. No sabía cuál era mi odio, no había odiado a nadie aún, pero sabía cuál era el de mi madre, que se debatía entre el respeto a su suegra y su propia enorme capacidad para ser herida.

Mi abuela, su suegra, la hería con suma facilidad, con una mirada, con una palabra, con su actitud. En el fondo me aterraba la debilidad de mi madre. Porque mi madre vivía en un mundo roto, y ella también estaba rota y nunca ha llegado a armarse.

¿Depresión? ¿Tristeza? ¿Pena? Mi madre era tan fina como el cristal de las copas buenas que sacábamos del aparador en las fiestas. Demasiado joven, demasiado ingenua, demasiado enamorada de mi padre, demasiado decepcionada. Su mundo estaba hecho trizas. Y toda la culpa la tenía su marido, que se merecía que le contase a cualquiera dispuesto a escucharla lo sinvergüenza que era, cómo se las arreglaba para no estar nunca en casa y para divertirse y revolcarse en las camas sudadas de otras mujeres.

Tenía pruebas como el carmín del cuello de las camisas, que examinaba concienzudamente junto con los calzoncillos antes de meterlos en la lavadora, recibos de restaurantes a los que nunca la llevaba a ella, mermas en la cuenta del banco.

Su confidente más fiel y la que mejor la comprendía era mi prima Toñita, que tenía cinco años más que yo. La escuchaba con total complicidad, la comprendía como si fuera de su misma raza. Casi no había diferencia entre sus catorce años y los treinta de mi madre, y puede que las dos disfrutasen, cada una a su modo, de los recovecos oscuros y sórdidos de la vida, y por eso a ambas les encantaba ver juntas *La mujer marcada* y películas por el estilo. Se identificaban mucho con las protagonistas que sufrían porque mi madre sufría y mi prima iba a sufrir. Estaba escrito. De momento se preocupaba mucho por su cuerpo, que soñaba que llegase a tener buenas caderas y una cintura muy fina, que apretaba muy fuerte con un cordón que le dejaba marca. Le entusiasmaba enseñármela y decir «mira cómo se me está quedando». Pero no se quedaba en lo superficial. Siempre que hacía algún avance me llevaba aparte y me informaba en voz baja: «Esta noche me he metido todo el dedo corazón y cabía».

Se le hacían dos hoyitos junto a la boca cuando se reía, como dos burbujas de cocacola, y se reía bastante. La adoraba y la envidiaba porque su ambiente familiar era completamente distinto al mío. Sus padres eran alegres y tenían una relación normal. Se querían, se gastaban bromas y cuando se peleaban parecía que ni se peleaban. A su madre, Mari, nunca se le había llegado a palidecer la cara como si fuera una muerta, como a la mía, ni lanzaba la mirada a miles de kilómetros de distancia, donde se suponía que estaba mi padre divirtiéndose con fulanas. Mari tenía una voz melosa y hablaba mucho en la cama con mi tío. A veces, su cháchara en voz baja, medio ahogada por las sábanas, duraba toda la noche, toda la tarde o toda la mañana. Les encantaba estar en la cama y aprovechaban cualquier excusa para meterse en ella. La siesta, que le doliese la cabeza a uno de ellos, que sintiesen frío o que simplemente no tuvieran nada que hacer. Por eso mi tía tenía en la habitación (impregnada de un ligero olor a sexo), colgados en un perchero, saltos de cama, batas para ir a abrir la puerta y mañanitas de lana para ponerse sobre los hombros mientras leía o hacía punto en la cama.

Mi madre no usaba nada de eso. No le daba tiempo de llevar batas y mañanitas. Se levantaba de un salto a las siete u ocho de la mañana porque nada la retenía allí, salvo mi padre cuando regresaba de sus constantes viajes. Y también porque el médico le había recomendado actividad constante para alejar la tristeza que se había apoderado de ella. También le recomendó rodearse de flores, por lo que nuestra casa parecía muy alegre. Había jardineras y macetas en la terraza, en los poyetes de las ventanas, sobre los muebles, y en los lugares donde no llegaba la luz había flores de plástico o de tela. Las cortinas de los dormitorios y un par de sillones estaban estampados con flores grandes. Siempre vivíamos en un último piso porque entraba más sol, y los muebles eran claros y ligeros. Creo que mi madre luchaba a brazo partido por curar su tristeza, pero no sé si luchaba tanto por terminar con las obsesiones que la producían. Para eso mi padre tendría que haber muerto y aun así dudo que lo hubiera conseguido. Todo el mundo era más feliz que ella. Todas las mujeres de todas las condiciones y culturas, aquí y en el extranjero, eran capaces de encontrar algo que las alegrase.

Mi prima Toñita la admiraba mucho. La consideraba muy guapa y con estilo, y a veces, durante aquellas tardes en que ella y mi madre hablaban como dos amigas y mi madre le ponía café y pastas, Toñita se iba probando la ropa de mi madre. Se ponía algún vestido suyo y le decía que cuando se casara ella sería su madrina. Mi madre asentía sin salir del endemoniamiento que la poseía y sin enterarse bien de lo que oía.

Toñita, diminutivo de Antonia, se llamaba como mi abuela, esa mujer pequeña y fría a quien mi madre odiaba tanto. Por lo visto, a mi prima le habían puesto su nombre para hacerle la pelota, para que mi abuela la quisiera más que al resto de los nietos y la favoreciese de alguna manera en el testamento. Y gracias a todo esto yo me había librado de llamarme como ella. Mi madre tuvo el buen gusto de poner los ojos en una bisabuela ya muerta, a la que por tanto no podía odiar, que se había ido al otro mundo a los noventa y ocho años y que al parecer había venido de niña de un país lejano con sus padres.

Por la blanca y fina piel de mi abuela, heredada sin duda de sus padres, debían de haber venido de un país con poco sol. Tenía una piel de mírame y no me toques, a la mínima le salían eccemas y rojeces y se iba apergaminando como un papel de seda sobre venas azules. Todo el calzado le hacía rozaduras aunque se pusiera medias, y como mi madre no sabía bien cómo agradarle, se lanzaba a curarle los pies en cuanto llegaba a nuestra casa o íbamos a la suya. Yo no entendía que la odiara y que necesitara caerle bien y poner sus manos en sus despellejados pies. Creo que marqué distancias afectivas con mi abuela por inspirarle estos sentimientos tan contradictorios y profundos a mi madre. Sobre todo, porque me obligaba a estar muy pendiente de mis palabras.

Delante de ella no se podía decir nada positivo de mi abuela, solo que era fea, pequeña y mala.

Mi madre proclamaba a los cuatro vientos que se sentía más querida y mucho más a gusto con su propia tribu familiar, de la que formaba parte su hermana Olga. Me encantaba Olga porque era una mujer de mundo, porque trabajaba y sabía fumar muy bien, porque sostenía la copa de lo que fuese mejor que mi padre y porque a su lado mi madre parecía el colmo de la sensatez y una auténtica señora en sus cabales. Cuando Olga estaba presente, el foco la iluminaba a ella y mi madre pasaba a segundo plano, le distraían más sus dramas que los suyos propios, lo que suponía un descanso para mi padre, para mí e incluso para mis hermanos, que en aquellos tiempos aún no se enteraban de nada.

Olga

Mis primeros recuerdos de Olga se remontan a una tarde en que estoy en una habitación ante un espejo alto y alargado que se apoya en el suelo. La habitación es grande y el espejo está situado en un rincón. En él puedo mirarme con este pañuelo de seda que se sujeta en la cabeza y acaba en los pies.

Solo existimos el espejo, el pañuelo y yo durante un buen rato hasta que me doy cuenta de que él y ella me observan. Me vuelvo hacia ellos, hacia sus complacidas miradas. Él se acerca y me levanta por los aires, el pañuelo se abre a mi alrededor. ¿Qué tendría entonces, seis años? A lo sumo, siete. Veo sus ojos frente a los míos, son casi claros. Es el hombre más alto que he visto nunca. Me deja en el suelo. Entra una camarera con una bandeja, que parece de plata, y la coloca en una mesa de mi tamaño. Él me habla con un acento muy raro. Su voz llega del techo, me pide que le sirva el café. Me lo tomo muy en serio y voy hasta la mesa pisándome el pañuelo. Ella me ayuda con la cafetera. El café cae negro y espeso. Lo toma sin colar y sin azúcar.

Acerco la taza al sillón y me quedo a su lado hasta que se lo bebe. Cuando termina, miro en el interior de la taza y le digo que no se lo ha tomado todo. Mi tía, a su vez, le regaña: «Ahmet, te has dejado los posos». Él los recoge con la cucharilla y se los come. Me enseña el fondo de la taza: «¿Está ahora correcto?». Asiento y coloco el plato, la taza y la cucharilla en la bandeja.

Todas las tardes me buscan para que le sirva el café en la sala del espejo. Yo lo dejo todo y voy corriendo porque me ha advertido muy seriamente que tengo que cuidar de él y nunca se me ocurrió pensar que fuese una broma, en aquel tiempo las palabras, las frases y el mundo solo tenía un sentido. Siempre le veo tomarse unas cuantas pastillas después del café, y varias veces he oído a Olga decir que está enfermo, lo que refuerza más mi obligación de cuidarle. En cuanto me ve llegar, exclama: «Ya está aquí la señorita». Después del café le pide a Olga «un sigarrillo». Ella coge uno de una cajetilla con letras doradas, se lo pone en los labios, lo enciende y luego, con una marca de carmín rojo, lo pasa a los labios de él. Jamás he visto a mis padres hacer algo tan fino, tan bonito. Olga también fuma. Suele pasearse arriba y abajo con el cigarrillo encendido, con este pequeño fuego entre los dedos que le pasa rozando el pelo y la blusa. Él la contempla recostado en el sillón hasta que Olga me coge de la mano y le dejamos solo.

Ahmet Kemal era cónsul general de Turquía en Barcelona y estaba enfermo del corazón. En su país tenía mujer, hijos y una familia muy influyente. Estaba a punto de divorciarse de una mujer rica, de gran belleza, hija de comerciantes, a la que Olga se refería, con todo el despecho que cabía en su boca de encías sonrosadas y preciosos dientes, como «la Turca».

Olga era su mano derecha. Se encargaba de las relaciones públicas del consulado y además llevaba sus negocios particulares con las navieras.

Mis padres hablaban a menudo de Olga y Ahmet. A él solían llamarlo «el Cónsul». Cuando yo oía «cónsul», entendía algo así como «coloso». Solo alguien como Ahmet, grande, totalmente calvo, con las cejas disparadas hacia las sienes y dos huesos relucientes sobre ellas, era un cónsul. En un primer momento tal vez atemorizase un poco, pero un cónsul debía ser imponente, no tenían por qué serlo un embajador, un príncipe o un presidente.

Decían que sentía debilidad por la belleza física, que podía soportar muy bien la torpeza si había guapura de por medio. «La sabiduría —decía— puedes encontrarla en los libros, pero unos ojos bonitos solo puedes encontrarlos en las personas.» También decía que no se fiaba de los abstemios porque son cobardes, tipos que tienen miedo de que se les suelte la lengua y el corazón. Seguramente por eso, por no decepcionarle, mi padre venía de sus correrías con él hablando con lengua de trapo y completamente feliz.

También decían que era un valiente porque nada le asustaba en la vida y porque aseguraba que no sabía qué era sentir miedo. Y no exageraba, solo había que verle hablando alto, recorriendo la habitación de dos zancadas y dando una palmada sobre la mesa para expresar disgusto o alegría. Yo sí conocía el miedo y por tanto ya no sería como él. Temía cruzar un campo oscuro, temía que pudiesen morir mi padre, mi madre y mis hermanos, me daba pavor el colegio y me espantaba todo lo desagradable. Temía prácticamente a todo. Y él a nada. Empezó a preocuparme que el resto de la humanidad fuese más parecida a Ahmet Kemal que a mí.

De su familia solo conocimos a su hermano, que en su país era más importante que él.

Llegó al consulado seguido de dos guardaespaldas, que se quedaron en la puerta del despacho de Ahmet, con quien estuvo por lo menos dos o tres horas. Olga insistió en que cenara con nuestra familia, seguramente para no tenerle cara a cara y sentirse más protegida, y después salió de allí seguido de nuevo por los dos hombres de la puerta.

El hermano importante, como se le llamó en adelante, era muy distinto a Ahmet porque no estaba calvo, ni era tan alto, y tenía los ojos negros, más que los míos, los de Olga y los de cualquiera que los tuviera negros, y miraba mucho hacia abajo y hacia los lados como si él, a diferencia de Ahmet, si tuviera miedo.

Olga estaba tan angustiada por causarle buena impresión al hermano que se probó todos los vestidos que tenía en el armario y al final se decidió por uno rojo y por unos pendientes largos de oro por los que subía el rojo del vestido como una llamarada.

Estaba quizá demasiado espectacular. Según mi madre, durante la cena el hermano no paró de escudriñar a Olga, aunque no de frente, lo que le convertía en un hombre esquivo, indirecto, poco de fiar. Y no era de extrañar que la pobre Olga tuviera los nervios de punta. Bebía sin parar, hablaba por los codos o se callaba de repente, no tenía ni la más remota idea de la impresión que pudiera estar causando en el hermano. Nadie lo sabía. También asistió a la cena un iraní, de nombre Nasir Alí, que era muy rico, como proclamaba el pedrusco que llevaba en el dedo, y que, al contrario que el hermano, sí miraba a Olga directamente, con demasiado descaro según mi madre. Pero su interés real estaba puesto en mi padre, al que le hablaba pronunciando cada palabra muy lentamente, como si todo el peso de la luz cayera sobre sus mandíbulas. El rico iraní alzó la copa hasta la boca. El brillante que llevaba en el dedo formó un conjunto con el cristal estrellado, el vino tinto y los labios mojados y morados. Un estallido de diversión como le gustaba al Cónsul, que no dejó de beber y de entusiasmarse por estar con su hermano, con Olga e incluso con la familia de Olga, también con Nasir Alí, cargado de dinero. El brillante del iraní recogía la luz de las lámparas y después la devolvía en ráfagas sobre el plato. Los gestos y las palabras se arrastraban por estas ráfagas como gusanos moribundos.

Olga, tras despedir al hermano de Ahmet, que había pasado tanto tiempo de charla con él en su despacho, hablando seguramente de ella y de la Turca, y al que había querido agradar tan patéticamente, se dirigió —imagino ahora que tengo treinta y cinco años— a su habitación con vistas al Paseo de Gracia. Con toda seguridad se quitó los zapatos de tacón de piel de serpiente y los hizo rodar por la alfombra hasta un rincón de este cuarto en el que me había fijado hasta la extenuación sin proponérmelo, sin ninguna intención, simplemente porque eran detalles mágicos.

Había otros zapatos tirados por el suelo y el vestidor abierto de par en par y en desorden. Estaba al borde de un ataque de nervios, de la desesperación. Se arrancó los pendientes y las horquillas del pelo y los tiró con rabia sobre el tocador. Ahora se sentía más ligera por fuera y más encogida por dentro. Se puso un camisón largo de color salmón muy escotado. Se encendió un cigarrillo y corrió las cortinas. Se alejó de la ventana. Permaneció un rato meditando con la vista clavada en la cortina de terciopelo granate, un color que predominaba en todo el palacete. Pensaba intensamente en Ahmet, y en su hermano animándole en aquel idioma misterioso a que se alejase de ella. Se tumbó en la cama e intentó dormirse. De cuando en cuando hasta la cama llegaban sonidos de coches derrapando, amortiguados por las paredes y los muebles como si este continuara siendo el sitio más seguro. Pero el runrún de su cabeza seguía. Se sentía prisionera de una conversación que no había oído. ¿Recordaron a la Turca y sus hijos, quizá a sus ancianos padres? ¿Su influyente familia le enviaba un ultimátum para que regresara?

¿Qué habría contestado Ahmet? Durante la cena se había sentido analizada al milímetro. Le habían calado la piel, la carne y los huesos todos los ojos de la gran familia turca a través de la negrura de los ojos de su hermano. Y no podía escapar de la pregunta porque la pregunta era larga, ancha y oscura. Se bebió un vaso de agua y trató de desechar ese pensamiento en medio de la soledad de las tres de la madrugada. Su cuerpo estaba cansado mientras que su cabeza era una criatura repleta de vitalidad que correteaba por esta habitación.

Hasta que al llegar el alba por fin pudo dormirse profundamente. Disfrutó del momento de tenderse sobre las sábanas y la almohada y de que la almohada fuese un prado blando y suave y las sábanas hojas blandas e igualmente suaves. Al despertar deambuló por la habitación con el camisón largo de color salmón, con el que parecía más salida de una fiesta que de la cama. Y con el pelo alborotado, como si a la puerta de la fiesta hubiese hecho viento, se encendió un cigarrillo y se lo fumó apoyada en el filo de un secreter, en que solo había espacio para escribir una nota o como mucho una pequeña carta. Pidió el desayuno.

Mientras se bebía el café (ni turco ni español. Americano. Soluble. Nescafé), se preocupó por sus quehaceres. Trató de organizar lo que le quedaba de mañana. Se preguntó cómo se encontraría Ahmet tras haber comido y bebido en exceso la noche anterior. Sus habitaciones las separaban un largo pasillo, una larga noche y más aún la larga vida de Ahmet, tan llena de los compromisos que faltaban en la vida de Olga. En momentos así de soledad y desconcierto, Olga, en camisón, un cigarrillo en la mano y un café instantáneo en la otra, debía de querer mucho a un hombre tan imponente como Ahmet Kemal. Y me parecía que este querer solo podía existir cuando ya se tenían grandes pechos y un mundo que se organizaba en torno a los pechos: escotes, collares, sostenes, por donde las miradas resbalaban como la nieve por una ladera. Algún día sería como ella con su intenso enamoramiento y su escote carnoso. Años más tarde, cuando tuve trece años, un chico de mi misma edad me dijo que yo no le gustaba nada, pero que estaba seguro de que cuando fuese mayor sí iba a gustarle. Tendríamos que esperar a que me convirtiese en Olga. Deseaba ser ella porque nunca estaba aquí del todo como yo, sino un poco más allá, donde hay luz, en el escenario en que ponemos a las personas que nos gusta ver. Son los personajes. Ni su sufrimiento me hacía sufrir ni su alegría me alegraba, pero me encantaba verla.

Solo temía las emociones de mi madre. Mi madre no era un personaje. Nunca la he visto completamente fuera de mí. Su sufrimiento me hacía sufrir y sus ratos alegres me liberaban de la pesadumbre de sus ratos tristes. Siempre intenté comprenderla y para comprenderla tuve sus ojos y tuve sus penas y sus entusiasmos, pero no tuve su infancia ni todo lo que ella había visto y yo no. Así que no era totalmente yo ni totalmente ella.

Me asomé a su cuarto cuando Olga estaba metiendo las piernas con rapidez en la falda de un traje sastre gris oscuro, que dejaba claro que por fuera fingía ser una persona seria pero por dentro era complicada y trágica. Después se recogió el pelo y dudó si ponerse unos pendientes. Me miró pidiéndome consejo porque Olga a veces me hablaba como mi madre a mi prima Toñita. «Me preocupa mucho la salud de Ahmet —dijo—. No se da cuenta de que ya no es joven y que a mí no me importa.»

Salió a la calle para despedirnos. No hacía casi frío, el tráfico era intenso, la gente pasaba y cruzaba el Paseo de Gracia entre los coches. Parte de aquella gente es ahora vieja y parte ha muerto. Algunos se acercaban a los kioscos de prensa, cogían un periódico, que doblaban bajo el brazo, y arrojaban unas monedas sobre el pequeño mostrador de chapa. Algunos hombres usaban sombrero. El padre de mi padre tenía varios grises con una cinta negra por fuera y una etiqueta roja en el interior. Yo sabía que había venido a visitarnos porque nada más entrar en mi casa a la vuelta del colegio veía su sombrero gris con cinta negra. Las mujeres ya solo los llevaban en las películas, habían ido despojándose de hombreras, de guantes y de fajas. Olga era una de ellas, alguien que cruza una calle y desaparece. Sin embargo, la presencia de mi madre es firme. Permanente. Si hablo de ella, prácticamente estoy hablando de mí. He intentado separarla de mi vida, entornar los ojos, como hacen los pintores, para verla a lo lejos. En la lejanía, su vida podría haber sido independiente de la mía. Habría podido ser una más ante mis ojos entornados. Pero no es posible porque lo sé todo sobre ella, no puedo añadirle nada más. Solo permanece fuera de mí la madre que no veo, la que me llega de su propio recuerdo. La que dijo al conocer a mi padre: «Yo cocinaré mientras tú lees. Tendremos una casa con flores. Estaremos juntos».

Una casa con flores

Lo hicieron durante algunos meses, hasta que nací yo. Cocinar, leer, estar juntos, tener flores, tener una casa bonita. Luego las cosas se torcieron. El trabajo de mi padre le hacía viajar desenfrenadamente, regresaba a casa los fines de semana para despojarse de las camisas con los cuellos manchados de carmín para que mi madre pudiera entretenerse examinándolos hasta el próximo fin de semana. En lugar de darme alegría, temía los pasos de mi padre acercándose a la puerta. Temía la reacción de mi madre cargada de reproches, temía sus espasmos, que se desmayara ante ese hombre del que había estado sospechando durante cinco intensos días y noches. Los temía. Me habría gustado que un día mi madre hiciera la maleta, nos cogiese a sus tres hijos y que abandonase a mi padre. Si lo hubiese hecho con ánimo y fortaleza, no me habría importado dormir debajo de un puente ni cuidar a mis hermanos. Los niños no son seres remilgados, se hacen a todo, lo único que necesitan es un poco de alegría y buen humor. La otra alternativa habría sido echar a mi padre, pero mi padre estaba casi echado, venía a casa sábado y domingo para cambiarse de ropa y comprobar que seguíamos vivos.

¡Ah! Y antes llamaba por teléfono para tantear el estado de ánimo de mi madre, para ir preparando el terreno, para ir llegando poco a poco hasta nuestra puerta e ir introduciendo lentamente la llave en la cerradura. Mi madre también iba preparando su llegada, iba preparando su amargura y mi boletín de notas del colegio con todos los suspensos.

Esos dos días la vida era un infierno. Mi madre había ido acumulando tan mala baba que mi padre estaba deseando largarse a ese trabajo suyo que lo apartaba de nosotros. En su ausencia mi hermano había estado enfermo y yo no les daba ni un solo motivo de orgullo y se había roto la lavadora, y enterarse de todo esto de golpe cuando se suponía que venía a casa a descansar después de un duro trabajo era insoportable. Me habría gustado que mi madre se echara un amante y que al llegar mi padre a casa ella estuviera pensando en su amante y no le diera importancia a lo que su marido podría haber estado haciendo por ahí. Porque era imposible que mi madre pudiera saber qué hacía él cuando ella no lo veía. Y, sin embargo, lo sabía. Lo sabía todo, lo veía todo. Desde la cocina o desde el salón veía a mi padre en su trabajo o en sus juergas metiéndoles mano a las putas y me veía a mí en el colegio o jugando en la calle. Veía el universo entero porque era como Dios, y no me atrevía a mentirle.

«¿Por qué no fumas, mamá? Ahora las mujeres fuman y llevan minifalda y tú tienes unas piernas muy bonitas.» Sinceramente creía que si mi madre hiciese esas cosas que hacían las mujeres en los bares y en las películas su vida cambiaría. Las mujeres que dejaban el carmín en las camisas de mi padre serían así, de las que se ríen a la mínima, esas frescas que sueltan carcajadas y todo les importa un pito. Las admiraba profundamente y me imaginaba a sus hijos correteando alegremente y sin preocupaciones. Si a sus madres no les preocupaba nada, a ellos tampoco.

La madre de Lourdes Córcoles era de ese estilo. Lourdes y yo íbamos al mismo colegio y vivía cruzando la calle en un piso bastante peor que el nuestro, pero que parecía mejor porque lo tenían decorado como una embajada. Alfombras persas de imitación, arañas de cristal colgando del techo, muchos espejos y tresillo de raso amarillo. Me gustaba y no me gustaba ir. Prefería ir cuando no estaban sus padres porque me impresionaban. La primera vez que pisé sus alfombras, la madre estaba mirándose en uno de los espejos de marco dorado lleno de filigranas. Llevaba un vestido negro bastante escotado y un moño de caracola, y el padre se acercó a ella y la besó en el cuello. Se rieron y se marcharon al teatro felices. Sentí el estómago como antes de un examen. Era como si esta pareja les hubiese robado a mis padres su felicidad.

La segunda vez los vi porque me invitaron a ir de excursión al campo. El padre de Lourdes se había comprado un coche negro de segunda o tercera mano y quería estrenarlo. No era el primer coche de segunda mano que tenía, según mis padres era un «negociante», un tipo sin oficio ni beneficio y con muchos aires de grandeza. Mis padres lo despreciaban un poco, seguramente porque en el reparto de la felicidad le había tocado más parte que a ellos.

Durante el viaje al campo, los padres hablaban de esto y lo otro y no discutían. Era todo tan agradable que me daba tristeza. Había lloviznado y la tierra estaba roja y corrimos y jugamos hasta que la madre nos llamó porque había llevado leche frita para merendar. La leche estaba riquísima, y olía a tierra mojada y a pinos. Lourdes y yo teníamos nueve años. Lourdes era medio rubia y tenía una cara muy graciosa, los ojos muy negros, y parecía que siempre estaba sonriendo aunque estuviera seria. También tenía en un brazo y un poco por la espalda piel de cabra. En verano con la manga corta se le veía, era una piel marrón con pelos pero en clase estábamos acostumbrados a que Lourdes tuviese aquello como otros eran pelirrojos o tenían los ojos azules. Nosotros éramos tres hermanos, nos llevábamos cada uno tres años, yo era la mayor, y ninguno teníamos piel de cabra ni ninguna enfermedad, ni siquiera dábamos mucha guerra, y sin embargo mis padres vivían al borde de la tragedia, del abismo, de un desastre que no acababa de llegar.

En este lugar

Al cabo de un año, en nuestra casa de la calle Uruguay en Valencia se recibió un telegrama. El Cónsul había sufrido varios ataques al corazón y lo estaban operando en Alemania. Se encontraban con él su hermano y Olga. Tres meses más tarde Olga nos escribió informándonos de que Ahmet se estaba muriendo y que le había pedido a su hermano que se lo llevara a Turquía a terminar de morir. A todos nos dio mucha pena de él y también de Olga.

El proceso de desaparición de Ahmet es inseparable de las cartas y los telegramas que la iban anunciando. Y él era inseparable del consulado, no me lo imaginaba en ningún otro sitio. Tampoco mi padre sería como es sin su trabajo lejano, ni mi madre fuera de nuestra casa, como si cada persona estuviera pegada a un sitio donde trascurre su verdadera vida. Los lugares de mi vida son cuatro. Van del pasado al presente y aparecen una y otra vez sin tener siquiera que pensar en ellos. En dos he vivido: la calle Uruguay de Valencia y Madrid. A los otros dos he ido de visita: Barcelona y La Cruz.

Barcelona es una ciudad húmeda, marítima, con estatuas en las plazas, fachadas espectaculares y puestos de flores. La Cruz, una casa de campo en medio de una llanura de viñedos en La Mancha. Valencia es tan húmeda como Barcelona y es imposible llevar el pelo liso, hay muchas palmeras en los paseos; la calle Uruguay pasa por su centro, y yo la recorro casi de punta a punta todos los días para ir y venir del colegio. En una esquina hay una tienda de disfraces y siempre me paro a mirar.

En La Cruz nació mi padre. Estaba protegida por una tapia blanca, que se encalaba una vez al año, y por unos portones de madera se entraba a un patio empedrado, en cuyo centro había un árbol donde un día hubo una cruz muy antigua. El árbol sobrepasaba la altura de la casa principal de dos pisos, situada al fondo del patio. A su derecha, se sucedían las cuadras y dos o tres casitas de una sola planta. Del piso superior de la casa principal salía una terraza traspasada por varios manzanos. Las manzanas rozaban el suelo. Eran verdes, jugosas y algo ácidas. Muchas de ellas caían y rodaban por el suelo con el sonido hueco de los golpes soñados en que el suelo no es realmente duro ni las manzanas pesadas.

El patio estaba abierto al cielo, los lomos de las mulas y los caballos brillaban, las herraduras de acero chocaban en la piedra y su lento y rítmico sonido cruzaba el patio hacia las cuadras. En este lugar oí decir por primera vez: «Dios no existe». Las tres palabras salieron de una voz de hombre. Miré al cielo, donde siempre había creído que vivía Él, solo, entre nubes bancas y también entre relámpagos rojos. Luego, la misma persona que me había hecho semejante revelación me cogió por los hombros y añadió: «Si sabes esto, nadie te engañará».

Todavía siento en los huesos de entonces la humedad de aquellas manos, y en mis hombros de ahora un calor desagradable cuando la vida se presenta por su lado malo y he de encararla tal como es, sin añadir ni quitar nada.

Era una tarde de junio. Su luminosidad iba perdiendo fuerza. El campo se volvía más real. Las amapolas rojas y las retamas amarillas eran ahora más rojas y más amarillas. Yo llevaba un vestido blanco que me había hecho mi madre y me senté afuera de la casa, junto a la tapia blanca, para verlas. Dentro, hablando con mi abuela Antonia, se había quedado el hombre de manos sudorosas que le soltaba la verdad a cualquiera, quisiera o no conocerla.

Antonia mandaba en La Cruz. Era la madre de mi padre. Pertenecía a la casa y la casa a ella como las dos caras de una misma moneda. Solo la recuerdo allí. Pienso en ella como en una pieza de bronce o de mármol, de algo duro y frío siempre. Todo lo contrario que Olga, llena de color, olor y movimiento. La prefiero. Y, sin embargo, es la estatua de Antonia la que sigue vigilándome con sus ojos medio cerrados, nariz achinada, pómulos, frente ancha y piel demasiado fina, de la que se arruga enseguida.

Sentada en una silla, los pies no le llegaban del todo al suelo, como a la emperatriz de *55 días en Pekín*. Vimos juntas la película mi prima Toñita y yo y cuando apareció la emperatriz sobre aquel alto y vertiginoso trono con uñas afiladas de un metro, exclamamos: «Mira, la abuela». Entre el peso de la corona, que se parecía mucho a la lámpara de su propio comedor, las enormes uñas y los pies reducidos, aquella señora tendría que ser trasladada siempre en un palanquín, más o menos como mi abuela, «la mujer más vaga que ha pisado este planeta» según mi madre. Y nada me hacía pensar lo contrario, conseguía que todo el mundo trabajara para ella, que hiciésemos lo que quería, como acarrear muebles de un lado a otro como el día en que me quedé paralizada en medio de la calle con una lamparita en la mano, una lamparita de una de las mesillas de noche de la alcoba de mis abuelos. Una lamparita testigo de conversaciones que duraban horas y horas y en las que siempre sonaba la voz de ella, run, run, run. ¿Estaría diciendo cosas malas de mi pobre madre?

Surge ante mí tan lejana e inescrutable como la emperatriz, con cincuenta años y con los zapatos y el peinado impecables. Una «peinadora», como ella llamaba a la peluquera, la atendía todos los días, y cada dos por tres salía a comprarse un par de zapatos nuevos. Toda la familia que Antonia alcanzaba a recordar se había dedicado al comercio. O sea, a comprar y vender cualquier cosa en cualquier parte. Se trataba de una forma de vivir y de relacionarse con el mundo que mi madre no llegó a comprender. Le gustaba con locura hablar sin parar, liar a la gente y salirse con la suya. Comerciaba hasta perder el sentido. La última vez que la vi estaba en una silla de ruedas y tenía el pelo blanco. La piel se arrugaba directamente sobre los huesos sin carne. Caía desde la profunda anchura de la frente y las sienes hacia los párpados y se dirigía luego hacia los pómulos, bastante pronunciados. Y me pareció que sus ojos, convertidos por los párpados caídos en dos rayas negras, me ponían un precio. Por mi manía de no preguntar me he quedado sin saber lo que valgo.

Su marido se llamaba Miguel. No fumaba, ni bebía, ni hablaba en exceso.

Acostumbraba a mirar a su alrededor con desapasionamiento, sin mejorar ni empeorar lo que veía. Apenas te dabas cuenta de que estaba. Nos visitaba con frecuencia, sobre todo al trasladarnos a Madrid. Le agradaba esta ciudad, le gustaba darse largos paseos y decir «Antes aquí no había nada», señalando la Castellana con sus altos edificios sobrepasados por la cabeza de algún rascacielos más alto aún, que ocultaba a su espalda algunos más pequeños, y así sucesivamente hasta formar con cemento, ladrillo rojo, cerámica y cristal el lugar más moderno que había visto hasta entonces. Pero fuésemos donde fuésemos al final siempre acabábamos en la plaza de Oriente, contemplando el Palacio Real, traspasando sus muros con infinita nostalgia y llegando a algún lugar secreto que solo él veía y que compartió conmigo porque no le juzgaría ni le traicionaría y porque los niños comprenden las fantasías. Sin alardear y como si hablase para sí mismo dijo que en sus años jóvenes era tan buen jinete que al entrar a servir en el Ejército lo destinaron a Palacio para enseñar a montar a una infanta, hija de Alfonso XIII. Pasaban las mañanas o las tardes juntos acariciando la cabeza de los caballos y dejando que pastaran en campos de violetas. Ella se reía por cualquier cosa y le contaba que en general no era feliz y que se sentía encerrada, secuestrada por la realeza, pero que cuando estaba con él se olvidaba de quién era. Él descubrió que cada vez aparecía más guapa, con ropa de montar que encargaba en París o Londres y que para hablarle se acercaba tanto que él no sabía qué hacer, si cogerla en sus brazos, si besarla. Cuando la ayudaba a subir al caballo le temblaban las manos y entonces ella decía riéndose que pesaba demasiado. Hasta que él un día le confesó que se ponía muy nervioso cuando la tocaba porque ella era una infanta de España y él un simple súbdito del escalón más bajo al que puede pertenecer un súbdito. Sin embargo, el campo de violetas creaba una alfombra perfecta para tumbarse y una bruma perfecta en medio de la cual ella le dijo que solo era una mujer, una simple mujer, que ni siquiera había hecho nada para merecerse la vida que tenía ni mucho menos para estar con un hombre como él y cerró los ojos delante de su cara y entonces pasó lo que tenía que pasar porque le había llamado «hombre», una palabra ante la que no podía retroceder. Aún podía oler el perfume de las violetas, del campo y de su cuerpo. A los nueve meses la infanta tuvo un niño y ya no volvió a verla. ¿Quería eso decir que un hijo suyo, un tío mío, vivía tras la imponente fachada de piedra gris? No me extrañaría porque mi abuelo era guapo y alto y con uniforme y a caballo debía de resultar irresistible, por lo que nunca entendí, ni yo ni nadie, la relación con mi abuela Antonia, su sumisión a ella, su incapacidad para contradecirla, su obediencia extrema, a no ser que en el fondo su mente y sus sueños se hubiesen quedado para siempre en el Palacio Real. «Tenía un pelo largo, precioso», me decía.

Casi todos los días, tras la cena, con el mismo traje de batallar en los negocios, se sentaba un rato a trabajar en una mesa de caoba llena de cajones a los lados y atravesada en la habitación frente a una chimenea que nunca se encendía. A veces soltaba algo así como un suspiro mientras le quitaba la caperuza a la pluma y susurraba «dos toneladas de grano», y después la aspereza de la pluma sobre el papel escribiendo: «dos toneladas de grano».

Antonia con seguridad amó a mi abuelo como con seguridad amó sus zapatos y su peinado. En cuanto a mí, me trató con corrección. Nunca me hirió, ni me regañó con severidad, ni siquiera me gritó, simplemente no me quiso. Me liberó así de tener que quererla yo, de sufrir cuando murió, y pude dedicarme a otras cosas que me hicieron feliz. Comprendí que no es necesario que todo el mundo se guste y se quiera.

En esta casa nació mi hermana cuando yo tenía tres años. Mi abuelo Miguel me cogió de la mano y me dijo: «Vamos a conocer a tu hermanita». Era agosto y estábamos pasando allí las vacaciones cuando mi madre se puso de parto. Subimos la escalera de baldosas rojas en penumbra, con olor a piedra de catedral, que conducía a la habitación de mis padres. Y vi a mi hermana junto a mi madre. Mi padre también estaba de viaje esta vez.

Mi hermano nació cuando yo tenía seis años en Valencia, donde vivíamos entonces. También hubo alguien que me cogió de la mano y me llevó hasta él. El recién nacido tenía la cabeza redonda con pelo negro y la cara sonrosada. Llevaba puesta una camisita de batista blanca. Era otoño.

He encontrado por casualidad una foto de aquella época de una visita al zoo. Mis padres parecen adolescentes vestidos de adultos con las ropas serias de los años sesenta antes de que se popularizaran completamente la minifalda, los minipulls y las medias de colores. Fue una tarde fantástica porque hablaban normalmente y a veces se sonreían como si intentaran agradarse y agradar al resto de la gente, como si estuvieran en un escenario iluminado. Los monos chillaban en una gran jaula saltando de tronco seco en tronco seco y cuando no chillaban se chupaban el culo unos a otros con verdadero deleite, algo sobre lo que obligué a reparar a mi padre, que trató de dirigir mi atención hacia el vistoso plumaje de los pájaros.

La Cadena

En la estación de Barcelona nos esperaba un coche grande y negro con chófer que nos condujo hasta el consulado turco, en realidad hasta el otro mundo. Olga nos esperaba en la puerta con uno de sus trajes de chaqueta. En el cuello se le arremolinaba un puñado de pelo oscuro, y pensé que era extraño poder ser una mujer de mundo y una de nosotros al mismo tiempo, pertenecer a una familia tan corriente como la nuestra. Nos acompañó a deshacer el equipaje. Fumaba sin parar paseando sus uñas rosas de aquí para allá mientras contemplaba cómo se desplegaba nuestra intimidad en la discreta ropa esparcida por las camas. Mis hermanos, por dar alguna explicación al hecho de que no estuvieran presentes, seguramente se habrían quedado al cuidado de mis abuelos.

Habló del Cónsul. Estaba algo delicado de salud, y él no hacía nada por mejorarla. Fumaba, bebía, y además ya conocían su irresistible inclinación por las mujeres y la juerga. «Quiere que le acompañes esta semana a todas sus cenas. Sabes que te adora», le dijo a mi padre.

En el mundo de Olga se usaban mucho palabras como *adorar*, *encanto* y *absolutamente*. Lo que la hacía una de nosotros era su necesidad de nosotros.

Todas las noches Ahmet Kemal tuvo cenas de compromiso y mi padre lo acompañaba. Mi padre siempre ha confesado que se divertía mucho con él porque era un hombre a quien le gustaba vivir la vida, un hombre como había conocido pocos. Le presentaba a gente influyente de la que habría podido obtener algo de formar mi padre, a su vez, parte de la gente influyente. «Le está introduciendo en el gran mundo», decía Olga para tranquilizar los celos de mi madre.

Supe que yo pertenecía al pequeño mundo de mi padre al tener noticia de que existía el gran mundo de Ahmet Kemal. Mi padre era inspector financiero de una gran empresa paraestatal. Mi padre podía, por tanto, pertenecer a una gran empresa y al mismo tiempo no pertenecer al gran mundo. Aún no me dejaban cruzar sola las calles próximas a nuestra casa y ya sabía que estas calles formaban un pequeño mundo y que, al cruzarlas y dejarlas atrás, continuaba y se alargaba este mismo mundo pequeño, porque el pequeño mundo era probablemente más extenso que el gran mundo.

De este gran mundo llegó Nasir Alí. Mi padre lo describía como un hombre rico y un hombre generoso. Un hombre empresario y un hombre musulmán. Un hombre estricto y un hombre afectuoso. Alguien práctico y alguien soñador. Corrigió soñador por emprendedor. Mi padre le caía bien al iraní. Cuando hablaban de la gran cantidad de riqueza que poseía, el Cónsul le daba una gran palmada en el hombro a mi padre. «Tienes números —le decía, y luego hacía un gesto con los dedos que iba de los labios al aire como una especie de beso—, ¡capacidad!»

A mi padre solo le quedaban cuatro o cinco días de cenas antes de marcharnos y tenía prisa por meterse en los negocios de Alí, pero le parecía que quizá no era conveniente declararlo. Mi madre —la madre esporádicamente sensata— también le advirtió: «La ansiedad nunca es buena» y «Piensa con calma, actúa con calma. No vayas por delante de ellos».

A Nasir Alí le parecía que mi padre no solo tenía gran capacidad, sino también gran temple, la cualidad que más estimaba en un hombre. Todo iba saliendo bien. Ahmet le dio a mi padre otra palmada: «Queremos hacer negocios contigo». Mi padre no pudo conseguir que su gran alegría interior permaneciese allí, en el interior, y su rostro adolescente de ojos audaces se animó hasta la exageración. Mi madre lo miró con miedo porque sabía, por propia experiencia, que alguien capaz de ser tan feliz también podía ser muy desgraciado.

A Nasir Alí le interesaba España, Ahmet conocía el país, mi padre era inspector financiero («Tienes números», le había dicho Ahmet como quien dice tienes nervios o tienes piernas). También le dijo: «Quiero hacerte rico». Y mi padre le dijo a mi madre «Voy a hacerte rica» cuando lo único que ella quería es que la quisiera más.

«Es el momento de comprar terrenos», dijo mi padre al expresar el Cónsul su deseo de construir algo en tierra firme. Nasir Alí, con los labios morados y brillantes de vino tinto (era un hombre musulmán y un hombre bebedor), habló de levantar hoteles. Una cadena de hoteles. Una cadena de hoteles de lujo. A los tres les pareció bien, interesante y seguro.

Cuando a la vuelta de aquella cena mi padre les contó entusiasmado su desarrollo y el nacimiento de la «Cadena», como en adelante se denominó el proyecto, mi madre no saltó de alegría. Era una forma de advertirle que todavía no tenía nada y que no se fiaba de que esa nueva vida no fuese a estar llena de bocas pintadas.

La vida iba sobre ruedas. Lo que mi padre quería, Ahmet Kemal podía proporcionárselo. La sensación era maravillosa. Mi padre de pronto era un hombre que iba a triunfar, es decir, que en adelante lograría lo que se propusiera, como Ahmet. Sin embargo, una vez que tenía la posibilidad de triunfar también tenía la posibilidad de fracasar. Hasta entonces no había sido un hombre de éxito, pero tampoco un fracasado. Quizá por eso, el padre de aquellos lejanos días, que ahora aparece, es débil y es fuerte, es resuelto y es temeroso, es cariñoso y es distante, es alegre y es triste. Cuando él era débil, temeroso, distante y triste, yo iba a ser poderosa e implacable y lo iba a proteger, iba a limpiar de obstáculos su camino, y así él estaría contento.

Cuando mi padre se marchaba a vivir la vida con el Cónsul y Nasir Alí, me dormía poniendo los cinco sentidos en un punto imaginario que brillaba en el centro de una caja negra. Allí estaban mi familia, la gente conocida, gente y cosas no conocidas pero de las que había oído hablar. Todo se guardaba en la caja y la caja en mi memoria. Yo, desde fuera, le ordenaba a la caja que mis padres y mis hermanos no muriesen, que mi padre consiguiera estar satisfecho y que mi padre pudiera ser feliz, o sea, alegre.

Identifiqué feliz con alegre hasta que descubrí en mí misma la melancolía en las tardes lluviosas y en calma, un estado tristón mil veces más placentero que la alegría. Así que era posible que a veces mi madre fuera feliz sin que me diera cuenta. Siempre intenté con todas mis fuerzas estar al corriente de lo que ocurría en el interior de mi madre y no tenía otro modo de averiguarlo que vigilando su cara. Y el gesto de una cara puede hacerte mucho daño porque no puedes cogérsela con las manos y cambiarla a tu gusto.

Entre las personas que no conocía y de las que oía hablar, la Turca era la más intrigante. Olga decía de ella que era una vaga redomada, una inútil y una indolente. «Él no la soporta. Se queja de que le duelen las piernas y todo hay que llevárselo al diván.» Al que pasara por su lado le pedía algo: una taza de café, un libro, cualquier cosa. «Ahmet me ha contado que procura no acercarse por allí porque, cuando lo hace, alza hacia él unos ojos somnolientos y una voz que le llama como desde el fondo de una almohada.» Entonces la Turca aparecía ante mí medio tumbada y medio melancólica como si toda su vida fuese una larga tarde tristona y feliz. Había decidido no complicarse la vida y esperar cómodamente en un diván a que su marido regresara completamente. En cambio Olga se sentía en la obligación de actuar, de ir ella hacia la vida.

El amor y la luz

Cuando el hermano importante del Cónsul llegó al hospital, a este le estaba atendiendo una enfermera. Le estaba dando una pastilla blanca y tan pequeña que hacía pensar que una mínima cantidad podría sanarle o matarle. Él estaba exageradamente delgado y pálido. Y Olga le dijo al hermano que todavía necesitaba adelgazar un poco más para ser operado. El hermano arrojó el abrigo y el sombrero sobre un sillón. Era invierno. Olga, al recordar esta situación, solía ser muy precisa. Contaba, por ejemplo, que el abrigo era de pelo de camello o que Ahmet estaba terminando de comerse un filete a la plancha y una pera de agua, y que el hermano miró con gran desasosiego las ramas peladas de un árbol tras la ventana y que luego se acercó más a la ventana y dejó vagar la mirada por la calle. Que el día era gris y ventoso, y que Ahmet miró la espalda de su hermano con un gesto de ternura y gratitud mientras masticaba el último bocado.

«Tenemos una reunión con los médicos dentro de media hora», le comunicó Olga al hermano, que abandonó la ventana, fue hacia la cama y le cogió la mano a Ahmet. Le dijo: «Olga y yo lo solucionaremos todo, no te preocupes». Le habló en francés para que ella pudiera entenderle. Ya eran cómplices.

Vieron a los médicos y estos se explicaron sin tapujos: Ahmet, que desde su cama blanca estaría contemplando la melancolía de la tarde, como un rato antes la había contemplado su hermano, tenía una posibilidad entre mil de salvarse.

El gesto de gratitud de Ahmet hacia su hermano pequeño de un instante antes se le clavó a Olga en el corazón. Ahmet tenía cincuenta y cinco años y su hermano lo admiraba y lo protegía porque quería conservar a este padre-hermano fuerte y generoso como nunca llegan a ser del todo un padre ni un hermano. Pareció retroceder en el tiempo, tal vez hasta el nacimiento de su hermano cuando él ya tenía diez años. Y después avanzó de nuevo por el tiempo hasta llegar al momento en que encontró a Olga. La miró perdiéndola, estaba perdiéndola. Y Olga supo —no solo por el diagnóstico médico, sino por las señales procedentes del interior de Ahmet en que aún estaba la vida y también la muerte— que este ya no podría seguir descubriendo aquello que más le agradaba y que únicamente podía encontrar en las personas: ojos bonitos como los de Olga.

A los dos días partían los tres en avión para Alemania. A Ahmet, que siempre había sido un hombre robusto, toda la ropa le estaba holgada, y se sujetaba el sombrero con una mano grande y huesuda. Su secretario personal los acompañó al aeropuerto. Habló con él y su hermano y abrió una carpeta con documentos. El hermano se la cerró. El secretario no debía de saber que su jefe tenía una posibilidad entre mil de sobrevivir y que no era el momento de que perdiera el tiempo con documentos. El secretario pareció comprender al instante. Pareció darse cuenta de que quizá ya no volvería a ver al Cónsul y recorrió con la mirada su mano grande y huesuda, sus ojos hundidos, sus pies largos y estrechos y sus hombros picudos, que sostenían un abrigo de espiguilla gris dos tallas superiores a la suya. El abrigo de espiguilla dio media vuelta y fue hacia el secretario. Le estrechó la mano y le dijo algo en turco. Olga le rogó al hermano que se lo tradujera y él lo tradujo con una mueca de sonrisa. «Ha dicho: cuidado con las mujeres.»

El avión despegó y se elevó. Olga, al lado de Ahmet, vio por la ventanilla un aeropuerto, una ciudad, una provincia y finalmente un mapa, que acabó desapareciendo entre nubes. El Cónsul cruzó como pudo las largas piernas y cerró los ojos. Olga lo observó de lado y no dejó de observarlo en todo el viaje porque su mirada lo mantenía vivo. ¿Sería esto el amor verdadero, tan distinto al de mis padres? Mucho tiempo después, cuando ya tenía quince años, le pregunté a Olga qué pensaba sobre el amor puesto que de la gente que conocía me parecía la voz más autorizada. «El amor es la luz —dijo— y cuando la luz se apaga te quedas ciega un tiempo.»

Durante el vuelo Olga estuvo a punto de cogerle la mano, pero Ahmet la alzó para llamar a la azafata. Le pidió una botella de champán. Olga casi gritó porque una copa podría matarle en ese mismo instante. Pero él dijo como si no estuviera enfermo, ni pesara veinte kilos menos, ni tuviese que ser operado a corazón abierto: «No sé vivir sin estas cosas». Olga le sonrió y también llenó su copa.

Así terminan las locuras

Al regresar del colegio al mediodía, encontré una carta de Olga en el buzón.

Estábamos en abril, y las ramas de los árboles, que rodeaban nuestra casa de vecinos de la calle Uruguay prácticamente estaban cubiertas de hojas y llenas de pájaros. A veces, de alguno de ellos salía una bandada que se elevaba al cielo formando un triángulo.

Le tendí el sobre a mi madre y le dije: «Es de Olga». Luego me senté junto a la ventana y me entregué a mirar.

Al cabo de un rato, mi madre dijo: «El Cónsul está en Ankara muriéndose». Dobló la carta, la metió en el sobre lleno de sellos y de matasellos y la arrojó sobre una mesa. La carta estaba tirada en la mesa, el Cónsul estaba agonizando en Ankara y yo estaba mirando por la ventana. Desde la ventana se veía la calle larga, de dos direcciones, que yo recorría para ir al colegio. Marchaba por la mañana con la cabeza vuelta hacia los escaparates de las tiendas de la derecha y regresaba al mediodía haciendo lo mismo por la izquierda. En esto pensaba cuando oí los pasos característicos de mi padre y los de mi madre, que salían a su encuentro: «Ha escrito Olga». Por el modo de decirlo, quedaba todo dicho.

—¿Ha muerto ya? —preguntó él, quitándose la chaqueta.

—Todavía no. Está en Ankara. Le pidió a su hermano que lo llevara allí. Imagínate qué golpe para Olga.

No se habló más del asunto hasta la noche, cuando mi padre abrió el billetero y sacó una tarjeta: «Nasir Alí. Promotor», leyó en voz alta con una media sonrisa de decepción, y pasó la mano por ella como si limpiara un espejo y en el espejo se reflejara él dirigiendo La Cadena. Había tenido en la mano la oportunidad de ser rico como ahora tenía la tarjeta de Nasir Alí. La guardó de nuevo en el billetero y el billetero en la chaqueta.

Hubo una época en que mi padre fue un hombre de negocios propios, cuando se trasladaba a Barcelona para hablar de La Cadena con el Cónsul y Nasir Alí. Se hablaba en serio, discutían sobre terrenos, arquitectos, tamaños, decoradores, empleados. La riqueza de Nasir Alí protegía sus sueños. Mi padre había realizado un estudio económico sobre el proyecto, que ocupaba unos cien folios y que guardaba en una cartera, donde además cabían un par de camisas, un neceser y alguna ropa interior. El destino de esta medio cartera y medio maleta estaba ligado al del proyecto y, al morir Ahmet Kemal y disolverse la sociedad, acabó cubierta de polvo encima de un armario.

A la vuelta de sus viajes, mi padre retocaba los cien folios, modificando cifras e introduciendo otras.

Contaba que Nasir Alí y Ahmet Kemal seguían alabando su gran capacidad para los números y para la organización y que, aunque no pondría capital en la sociedad, pondría su cabeza, que ya les estaba haciendo ahorrar dinero. Un par de veces ni siquiera tuvo que coger el tren para ir a Barcelona, vino hasta nuestra casa el coche negro del consulado a buscarle.

Empezó a conocer a gente del tipo hoteleros, banqueros y del tipo gente con mucho gusto, como diseñadores, y chicas con las que realizar mi padre su necesidad de estar siempre enamorado. Que en aquellas comidas y cenas de negocios había chicas «de estas» no se le iba a mi madre de la cabeza. Por una parte mi padre iba a ser importante, por otra, aquel cambio suponía para ella un nuevo motivo de tristeza. Su mirada, entonces, tomaba ese punto de lejanía o de distracción que se descubre en las fotografías.

Al regresar de estos viajes, no de trabajo, sino de negocios, le preguntaba qué había hecho y con quién había estado, mientras los observaba a él, a la cartera abierta sobre la cama y todo lo que sacaba de ella como si fueran bombas de mano. Estaba asustada porque en el futuro mi padre solo podría contar, y ella solo podría imaginar.

«Ahmet Kemal y Nasir Alí son hombres de mundo», había dicho mi padre para describir el ambiente en que debería desenvolverse en adelante.

La muerte del Cónsul mató las grandes esperanzas de mi padre, mató a Olga en su vestido rojo, a la Turca (siempre echada), al hermano con su traje de rayón azul seguido por dos guardaespaldas, al Paseo de Gracia tal como se entreveía y se entreoía desde la habitación desordenada de Olga. Y mató la preocupación de mi madre porque su marido cambiase más deprisa que ella, y ella no le gustase absolutamente nada.

El Cónsul dejó de existir, y nosotros nos quedamos exclusivamente con nuestra existencia, sobre todo mi padre, que había conocido a Ahmet Kemal, el hombre más interesante, y a Nasir Alí, el hombre más rico.

—Quizá podáis seguir con los hoteles sin él —le dijo mi madre tras anunciarle que el Cónsul había expirado en su casa de Ankara rodeado por su familia.

Mi padre ya se había hecho a la idea, pero esta era la confirmación de que había que volver a la rutina. Yo le había oído decir a alguien, quizá a mi propio padre, que la suerte es un caballo sin jinete que pasa a toda velocidad esperando que alguien lo monte. Pues bien, su caballo habían sido Ahmet Kemal y Nasir Alí, y a este caballo, cuando iba a montarlo, se le doblaron las patas y murió. Contestó a mi madre con un movimiento negativo de cabeza: «El impulsor fue Ahmet, sin él no hay negocio. Lo pensó para mí, para que yo saliera de este agujero».

Tras oír esto, a mi madre se le ensombreció el rostro, se le endurecieron las facciones y así, endurecidas, han permanecido hasta hoy. Creo que en aquel momento mi padre dejó de interesarle y que se extrañó de que le hubiera interesado alguna vez. A partir de entonces, trataríamos de desenvolvernos en lo que algunos llaman la dura realidad, sin apenas expansiones, ni alegrías, ni excesivas sonrisas. Sentíamos que mi padre vivía en un agujero y nosotros con él.

Mi madre recibió la noticia de que el Cónsul había muerto por la mañana, cuando estaba sola en casa. Fue a través de una llamada telefónica de Olga.

Olga no había llorado, pero había estado triste y cada poco había perdido los nervios y había hablado, no como si hubiera muerto, sino como si lo hubieran secuestrado, se lo hubieran arrebatado y se lo hubieran llevado lejos.

En la expresión de mi madre había quedado esta Olga que había permanecido al lado de Ahmet durante su enfermedad, su operación de diez largas e interminables horas, los veinte días de postoperatorio, en que se recuperaba y recaía caprichosamente, y que no había podido estar a su lado en el momento final, en ese instante que es toda la vida porque es el último y porque tras él no hay otro. Él había preferido estar en otro lugar y con otra gente. Mi madre modificó la expresión y dijo: «Así terminan las locuras».

Para mi padre había terminado un sueño y para Olga había terminado una luz.

Olga se instaló definitivamente en su piso de la Gran Vía, que hasta ahora había alternado con el consulado. De cuando en cuando aparecía por nuestra casa sin dinero y con una brazada de trajes y zapatos dentro de una maleta. No tenía trabajo, nada le interesaba. Ni siquiera sabía ya vestirse, combinaba mal la ropa y los accesorios. Seguía a mi madre por la casa como un perrito faldero. De pronto, no sabía nada ni servía para nada. Al atardecer, comenzaba a reanimarse con una copa de coñac y si no se la tomaba, se encontraba rara. Todos le insistían: «Deja de pensar en él constantemente. Ya no hay remedio». Y ella respondía: «Lo intento, pero por mucho que me esfuerzo no puedo olvidar. Es más difícil que recordar». Hasta que un día, de la forma más casual, se tropezó con un hombre de cuarenta años, vestido con un traje fresco, beis, camisa y zapatos de importación, sin corbata y con un agradable aroma, mezcla no de colonias, sino de hábitos (tabaco rubio y café negro) que solo había percibido en Ahmet Kemal. Su aspecto parecía ir por delante de la época y del país. Era verano. Una mañana de junio. Olga estaba renovándose el pasaporte, y también él.

Hablaron.

Se llamaba Albert Climent. Realmente era moderno, progresista y poseía un optimismo que faltaba en todas partes. Se casaron. En las sucesivas casas de mis padres siempre ha habido una foto de boda de ellos dos, en que la cola del vestido blanco de ella se enreda en los pantalones negros de él.

Olga parecía haber rehecho su vida. Y desapareció de la nuestra.

La difícil vida de los Climent

Olga apareció de nuevo en nuestro mundo al nacer su hijo, Carlos Climent. Albert se había sumado a Olga, y a ellos dos se sumó Carlitos. Olga volvió a nosotros convertida en tres. Albert se ocupaba en asuntos inmobiliarios y junto con Olga y un socio había levantado una agencia. Ella nos escribía a menudo diciéndonos que estaban «entrampados», pero que si se dedicaban a él en cuerpo y alma podría llegar a ser un buen negocio. Ahora Olga tenía un marido, un hijo, una empresa, créditos y facturas. Por fin había olvidado al Cónsul. Se lo había tragado la difícil vida de los Climent.

Continuaban viviendo en Barcelona, en el piso de la Gran Vía. Este piso iba por delante de los pisos de la época. Era funcional e impersonal hasta parecer que no se vivía allí, sino que se pasaba de vez en cuando, se dejaba algo tirado en un sillón y a lo sumo se hacían unas tortillas francesas. No atenazaba como un hogar en regla, ni siquiera ataba. Me gustaba. Así sería mi casa del futuro, un sitio que no dijese mucho de mí misma, que no fuese mi espejo ni me definiera, donde pudiese entrar cualquiera sin tener la sensación de que entraba en mi alma. La última vez que estuve allí fue a los diez años y no he vuelto.

Fue un mes de septiembre, al regreso de nuestro veraneo con la familia Climent en la Costa Brava. Llegamos al mediodía. Olga nos esperaba con una bolsa grasienta de papel marrón y dos pollos asados dentro. Nos dijo, con su nerviosismo habitual, mientras troceaba los pollos y preparaba una ensalada:

—No puedo comer con vosotros. Estoy citada con unos clientes en la oficina. Volveré sobre las cinco.

Pero no volvió. La esperamos entre prendas de vestir tiradas por las sillas y papeles extendidos por las mesas (el desorden continuaba siendo el sello de Olga), hasta que decidimos salir a dar un paseo por los alrededores. Fue la tarde en que mi hermano se perdió, en que, en una distracción de todos nosotros, mi hermano, de tres años, desapareció entre unas mil personas y unos quinientos coches.

A nuestro regreso a casa Olga aún no había llegado.

Nos abrió la puerta Albert. Entrar en un lugar donde estuviera él era como entrar en una fiesta. Siempre parecía dispuesto a pasarlo bien, tal vez ya intuyese que su vida sería corta. En este tono dijo:

—Vamos a cenar, que Olga venga cuando quiera.

Su comportamiento animaba a crecer, daba la impresión de que desde donde él estaba todo resultaba claro, sin misterio, y se podía distinguir lo importante de lo que no lo era. Me pareció que ser adulto era ser poderoso y que merecía la pena soportar y esperar.

Sin perder la sonrisa, les comentó a mis padres que el negocio atravesaba por un momento crítico.

—Hemos comprado demasiado y no vendemos con la rapidez esperada —se aproximó una botella de vino blanco al pecho y tiró del sacacorchos—. Nos ahogan los créditos.

Mi padre miró la botella que iban a beberse y a Albert, que debía de tener algo dentro que le hacía ser feliz a pesar de todo. Mi padre no le comprendía. Puede que este fuera uno de los pocos puntos en que mi madre y él estuvieran de acuerdo: «Es un irresponsable», dijeron más tarde, y también dijeron: «Eso le puede ocurrir a cualquiera». Se referían a perder dinero. Querían decir que cualquiera, metido en negocios, puede perder dinero, pero que solo un irresponsable no está amargado por ello. Por su actitud alegre y espontánea parecía que había otras cosas en su vida que hacían del estar arruinándose una pequeñez.

Albert sabía llegar a mi mundo y enseñarme. Me enseñó a nadar y me enseñó a querer crecer. Yo, sin embargo, no podía alcanzar el suyo, ni lamentablemente ayudarle en nada.

También le oí decir: «Olga y yo no nos llevamos bien». Mis padres se preocuparon y callaron. La luz de la lámpara los aislaba alrededor de la mesa como en una lejana burbuja. Ante mí se iluminaban las copas en los labios y el mundo de mi tío desmoronándose.

Se había puesto para preparar la cena un pantalón vaquero, que él prefería llamar tejanos, y una gorra de tela blanca con visera que solía usar en la playa. En verano parecía tirarle todo lo yanqui. Bajo la visera se desplegó su sonrisa característica que, entonces comprendí, no era de alegría sino de confraternidad.

—Vamos a separarnos.

Mis padres no supieron qué decir. Él prosiguió:

—Nuestra vida es un infierno y para soportar el infierno hay que estar muerto.

Hablaba de una situación desesperada sin desesperación. Eso le daba a todo más aire de fatalidad.

—¿Olga está de acuerdo? —preguntó mi padre. Albert se encogió de hombros:

—No hay otra salida.

—Bueno, ¿pero qué dice ella? —insistió mi madre.

—No tiene ningún interés por salir del infierno.

Mi primo jugaba en un rincón con la seriedad de un hombre. Ya estaba optando por ser tolerante, ecuánime y reflexivo. Y lo fue. Años más tarde, le oiría a menudo decir: «Está bien, mamá, hablaremos cuando te tranquilices». O: «Por favor, olvida eso, no tiene importancia». O: «No hay que precipitarse, es conveniente meditarlo bien». Había optado por ser normal hasta el punto de no interesarle sobresalir en nada. Elegiría a una mujer que también lo fuese, y su vida descansaría en la búsqueda de la tranquilidad.

Todo eso se advertía en el pequeño Carlos medio hundido entre los juguetes. En tanto, su padre llenaba las copas y repetía que no había solución. Con la visera hacia arriba dijo: «No pienso dejar de divertirme, ¿comprendéis? Ni ella tampoco, ya la conocéis».

Daba miedo pensar en ellos dos, tan nítidos y tan distintos, frente a frente, conduciendo a Carlitos al desastre.

Las palabras de Albert sonaban a caos. A mi madre le tembló la copa en la mano, quizá porque tenía ante sí el abismo que tanto miedo le daba. «Estos niños tienen que cenar algo», dijo en voz alta, mirándonos con fijeza.

En realidad, los niños éramos el caos, los hijos delicados a los que no se quería hacer daño. Nosotros éramos el material que se podía destruir y reducir a escombros. Después miró a mi padre tendiendo entre ellos un cable de acero, que éramos los hijos.

Había una gran diferencia entre mis padres y mis tíos, que consistía en que mis padres necesitaban que todo durase toda la vida. Si deseaban comprar algo, esperaban hasta poder comprar lo mejor, y lo mejor duraba. Sentían aversión por lo que se rompe pronto y se tira. Ellos querían que un abrigo, tras pasarse varias veces de moda, estuviese nuevo, que un sillón fuera eterno y que un vínculo como el matrimonio solo lo disolviera la muerte aunque fuese un infierno como decía Albert. Lo de Ahmet Kemal estaba bien (solo la muerte lo arrancó del lado de Olga), lo de Albert estaba mal. Sin embargo, queríamos a Albert mucho más de lo que nunca quisimos a Ahmet porque toda su desastrosa vida estaba entre nosotros, en tanto que parte de la desastrosa vida del Cónsul era un misterio.

Mi padre fue un buen amigo de Albert. Muchas veces durante el largo proceso de su separación trató de interceder por él ante Olga, pero Olga se había resuelto a no ceder, decidió que fueran enemigos.

De nuevo empezó Olga a aparecer por nuestra casa intempestivamente con el niño y sin dinero. De repente, una borrasca los arrojaba al salón con una maleta junto a ellos, y se quedaban varios días. Olga contaba que buscaba trabajo. No tenía dinero. Los abogados eran buitres.

El socio de Albert era sinvergüenza, cínico y peligroso. El nombre de Albert permanecía triturado un buen rato entre sus dientes.

Albert también apareció algunas veces por nuestra casa.

Llegaba solo y sin equipaje y solía obsequiarnos con una caja de bombones. Generalmente, cuando yo entraba, él ya estaba allí sentado en el cuarto de estar con las piernas cruzadas, enseñando los calcetines y una línea de pierna blanca. Se presentaba de traje y corbata y perfumado.

Todo le iba bien. Yo había crecido mucho. Nos envidiaba.

Olga no le había perdonado que la inmobiliaria quebrara. Hacía dos meses que no veía a mi primo Carlos.

Dijo: «Hace dos meses que no veo a mi hijo», y sus ojos, tan grandes y grises como los de Carlitos, permanecieron abiertos y suplicantes. Apoyaba los codos en las rodillas y el mentón en los nudillos entrelazados. Las perneras del pantalón estaban ligeramente subidas. La raya recién planchada se disparaba hacia delante como una flecha. Estaba tenso.

Albert comía con nosotros y hablaba mucho con mis padres. Pedía algo. A mí me hacían salir de la habitación y nunca pude saber de qué se trataba.

El palacio varado

El cielo es azul, los pinos verdes y la arena blanca. También son blancas la espuma del agua y tres o cuatro nubes. Hoy he aprendido a nadar. Me ha enseñado Albert.

Se escandalizó al enterarse de que yo, con nueve años, no supiera nadar y se propuso corregirlo. Me dijo: «Nos vamos a meter en el mar y no vamos a salir hasta que lo hagas como un pez». Permaneció, con el agua por la cintura y bajo una gorra visera, dándome instrucciones hasta que fui capaz de desfilar ante él chapoteando sostenidamente. Cuando me agoté de bracear, me dejé empujar por el agua a la orilla y al incorporarme lo busqué con los ojos entrecerrados. El sol temblaba sobre él. Las olas subían y bajaban. Su sonrisa se perdía en la reverberación. Varios años más tarde, se perdió para siempre. Murió de un infarto en la ducha. Estaba solo y el agua estuvo cayendo hasta que lo encontraron. Yo tenía trece años entonces y no podía apartar de mí su imagen cayendo de rodillas y luego de lado y el ruido del agua sobre su cuerpo desnudo y sus ojos abiertos. Habría preferido no saber cómo había muerto, solo que había muerto. Así habría dejado de existir poco a poco y de forma pacífica, como absorbido por la luz y el calor de nuestro perdido veraneo en la Costa Brava. Al final de estas vacaciones fue cuando Albert declaró: «No nos llevamos bien» y «Esto es un infierno». Se refería a él y a Olga. Aún estaba muy metido en sus negocios inmobiliarios y solo se acercaba a la playa los fines de semana. Lo acompañaba mi padre, que también tenía ocupaciones en Barcelona. Se presentaban los viernes y se marchaban los domingos por la noche. Se lamentaban de que trabajaban mucho. Al mismo tiempo, Olga y mi madre se quejaban de la guerra que les dábamos los niños. Yo era la mayor de todos y me gustaba mucho ponerme un quimono de seda, que me había regalado Albert, pero ni con el quimono puesto podía concentrarme en mi niñez. Constantemente estaban ellos con sus muchas preocupaciones, su trabajo, sus ojos tras los cuales había más ojos que habían visto muchas cosas que estaban por ver para mí, cada uno de sus gestos era el resultado de muchos gestos, cada una de sus palabras coronaba una montaña de palabras, cada uno de ellos era un montón de horas que habían transcurrido sin mí. Un tiempo completamente fuera del mío. En estas montañas de preocupaciones, ojos, gestos y horas, había constantes cambios de humor, crisis y cierta tendencia a sufrir y a hacer sufrir.

Le dije a Albert que había elegido ser escritora. Él movió pensativamente la cabeza. Estábamos sentados en las rocas del acantilado. Él sostenía una caña de pescar y a nuestro lado, en una superficie plana de piedra, una chica rubia se había tendido en una toalla muy blanca.

Me aproximé a él y le informé con camaradería de que a nuestro lado había «Una rubia», como llamaban a aquel tipo de mujeres Albert y mi padre. Miró a la chica y devolvió la misma mirada al agua, donde se hundía el sedal: «La vida no es lo que parece. No es ni mejor ni peor de lo que imaginamos, pero siempre es distinta». Su expresión era seria y la dirigía al oleaje, que rompía blandamente a nuestros pies. Yo también estaba seria. Observé la pulcra imagen del cabello dorado de la chica sobre la toalla muy blanca. Parecía que al final todo el mundo llegaba a la conclusión de que la vida era una cosa bastante seria, y querían que yo lo supiera.

Lo sabía. Al mismo tiempo que sentía a nuestro alrededor lo que habría podido suponer la felicidad (un día claro y caliente con su ligera brisa amarilla soplando hojas, cabellos y pieles), desconfiaba de ella. E intuía que también desconfiaba Albert. Solamente los peces y las gaviotas tendrían la certeza de lo que veían: cielo, agua, más peces, más gaviotas, un gran barco, como un edificio de tres pisos, subiendo y bajando a lo lejos.

Pasé dos horas junto a él observando sus esfuerzos por interesarse por mis cosas y parecerme contento: «Vivir es luchar —siguió—. No debes resignarte nunca».

—¿No pican, Albert? —intervine yo.

—¡Qué van a picar! No hay.

—Se ha marchado la rubia —le dije.

Él giró con indiferencia la cabeza hacia la roca plana y vacía. Una sombra nos cubrió, y sentí un escalofrío.

—Vamos a ver, ¿a qué viene esto de querer ser escritora?

Me encogí de hombros, no tenía ganas de explicarme. Él se dispuso a guardar los aparejos en la cesta: «Si vas a hacer las cosas porque sí, más vale que no hagas nada». La marea había subido y el acantilado se había enfriado. De pronto, ya no quedaba nadie por allí. Atravesamos descalzos la arena y, al llegar a casa, dijimos que no habíamos pescado nada. Todos comentaron que las aguas estaban contaminadas y el paisaje destrozado. «Van a talar —no estaban seguros de cuántas hectáreas— pinos para urbanizar.» Olga sostenía en la mano la copa de coñac que la reanimaba por las tardes:

—Es una vergüenza. Chalets y más chalets. Negocio y más negocio. Os lo digo de verdad, me voy a ir a vivir a Francia. Allí la gente es más civilizada.

Albert no escuchaba. Se dirigió a mi padre con su aspecto yanqui.

—¿Sabes por cuánto se vendía el metro cuadrado hace diez años?

—Imagino que por la mitad.

—Por la mitad de la mitad. Hemos sido tontos.

—¿Por qué tontos? —terció Olga con la copa vacía—. Estamos disfrutando como nadie de esta maravilla. Adoro este sitio.

—Conozco la cala de toda la vida y ahora vienen los alemanes a hacer el agosto —dijo Albert.

Olga lo miró con desprecio:

—No te lamentes de lo que hacen los demás. Laméntate de lo que no eres capaz de hacer tú.

—Tendríamos que ir pensando en otro sitio para veranear —dijo mi madre, dándolo todo por perdido.

—Si yo hubiera tenido dinero, habría comprado todo el monte —soltó mi padre lleno de resolución y de energía.

Albert lo cogió por el hombro:

—Y lo hubiésemos llenado de tejados y de luces.

Olga se sirvió otro coñac y comentó resignada: «Siempre igual». Luego se dirigió a mi madre: «Tiene una gran imaginación, ¿sabes? Debería haber sido artista. Cualquier cosa menos empresario».

Albert estaba acostumbrado a no oír los comentarios de Olga:

—¡Qué jodidos alemanes! Han encontrado oro.

Mi padre estaba de acuerdo con él:

—La gente paga lo que sea por una casa de mala muerte en julio y agosto.

Pensé que por tratarse del mismo asunto alguien mencionaría la cadena de hoteles, de la que mi padre habría sido director de haber vivido Ahmet Kemal, pero, en realidad, de haber vivido Ahmet esto no estaría sucediendo. Ya no contaba. No se dijo nada.

Olga se ahuecó el pelo con la mano y exclamó:

—¡Bah!

Albert se encaminó hacia ella con paso decidido y la tomó en brazos. Olga se reía como una niña. Aparté la vista de ellos, y me pareció que también la apartaban mis padres. Olga había engordado demasiado y no quedaba bien en brazos. En el aire, su pelo, negro como un nubarrón de tormenta, se abrió y de él salió olor a sal y yodo. El semblante de Albert convirtió la vida triste en vida digna de vivirse. Se dirigió a mí: «¿Me prometes que estudiarás mucho?». Estuve a punto de asentir, pero me contuve porque quería estar en la vida de Albert de forma honesta.

En cuanto Albert y mi padre se marchaban el domingo, Olga salía y no dejaba de salir ninguna noche durante la semana. A veces mi madre también salía, hasta que un día decidió no volver a hacerlo. Olga se rio de sus escrúpulos: «¿Qué crees que hacen esos dos en Barcelona?». Mi madre doblaba ropa. La cogía de un montón revuelto y la colocaba en un montón ordenado. En sus pupilas saltaban rápidas imágenes, donde seguramente estaba mi padre en Barcelona. Olga fumaba contemplando los montones de ropa: «¿Piensas que están trabajando día y noche?».

De nuevo pensé que Olga estaba engordando demasiado. Pensé que era más difícil ser como Olga que ser como mi madre. Olga se bajó el suéter y estiró el torso tratando de parecer más esbelta: «¿Por qué hemos de divertirnos menos que ellos?». Mi madre estaba acorralada, su conducta no tenía justificación, aunque siempre cabía la posibilidad de que mi padre tampoco se estuviera divirtiendo en Barcelona: «Mañana saldré», dijo al fin. Olga la miró con compasión, de la misma forma que mi madre la había mirado a ella muchas veces y todavía la miraría en el futuro.

Muchas mañanas corríamos por la orilla hasta que llegábamos a lo que mi primo y mis hermanos llamaban «El palacio varado», «El castillo torcido», «La casa inclinada». Un día que corrían (como siempre que no estaban parados) vieron aquellas columnas y aquellos arcos árabes entre la arena y los matorrales y fueron a mirarlos de cerca. Las paredes eran blancas y los arcos azules, y no había nadie dentro. La parte sur de la edificación se inclinaba levemente. Parecía arrojada allí por alguna marea. Corríamos para verlo. Nuestros pies chocaban contra el agua, y el agua estallaba en cristales, así avanzábamos, dejando atrás las portadas de las revistas de la primera fila de hamacas. Grandes cantidades de luz y calor pasaban por la fachada de la construcción.

Bajo sus arcos hacía fresco, nos sentábamos y aspirábamos un rato el olor a humedad y hundimiento del interior. El interior era como un gran garaje lleno de postes por donde circulaba una claridad de cemento.

Nos estaba prohibido entrar allí. «Se puede derrumbar de un momento a otro», dijo alguien cuando se habló del descubrimiento. Y también: «Es una vergüenza porque no es el único caso. Aquí las casas no resisten una tormenta». Habíamos regresado de la playa y esperábamos en bañador turno para ducharnos. Albert acababa de filmarme con un sombrero de paja en la cabeza.

Tuve que entrar en el agua, salir y hacer algunas tonterías ante la cámara. Al día siguiente, la vimos todos juntos.

Albert me filmaba, me compraba quimonos y me llevaba a pescar con él. Se creía en el deber, todavía no entiendo por qué, de hacerme, a ratos, feliz.

«El palacio varado» en realidad iba a ser un hotel de doscientas habitaciones hasta que los cimientos cedieron.

—Ha sido la ruina de la constructora —apuntó Albert, que procuraba estar informado de los avatares de su negocio—. Todo lo habían invertido en el hotel. Ha sido una desgracia.

—Ha sido una mala planificación de principio a fin. ¿Qué clase de arquitectos contrataron?, ¿qué clase de materiales?, ¿de qué calidad es el terreno? —Estaba hablando mi padre, que si hubiera tenido una oportunidad como aquella, y la oportunidad hubiera sido un caballo, habría saltado sobre él y no lo hubiera dejado escapar—. Nada de desgracias y mucho de canalladas. Ellos sabían que en ese suelo no se podía edificar a lo grande.

—¿Y qué me dices del ayuntamiento? —terció Albert.

—También. El ayuntamiento también es culpable. ¿Qué quieres que te diga? Son gentuza. —E hizo el gesto de abarcar con la mano a todos los que no eran nosotros.

La mano estaba en el aire como un pequeño muro de dedos fuertes y palma sonrosada. Conocía muy bien la mano de mi padre. Sobre la mesa, con una pluma entre los dedos, con un vaso, con un cigarrillo. Pues bien, esa mano, de la que ahora podría hablar sin parar, trazó la separación entre la gentuza y nosotros.

El hotel habría estado rodeado de palmeras.

Aquel verano tuve para mí sola la frase de Albert en el acantilado que más o menos decía que la vida nunca es como la queremos. Una definición clara de una vida confusa, a cada instante más confusa, porque los otros ya no solo estaban fuera de mí como las sombrillas, el acantilado y el palacio varado, sino también dentro, como el corazón, las venas y la grasa.

Los sábados y los domingos salíamos todos juntos, a media mañana, camino de la playa. Entonces veía ante mí el grupo formado por mis padres y mis tíos, que marchaban en chanclas, llenos de preocupaciones, hacia el gran mar. Ni en el gran mar ni en la vasta arena había espacio suficiente para tantas preocupaciones. Rebasaban su ánimo y se colaban en el mío. De inmediato, todo a mi alrededor perdía inocencia y se volvía apasionado como Olga, triste como mi madre, demasiado alegre como Albert o desconocido como mi padre.

Crecer era agotador. En poco tiempo te transformabas varias veces. Te cambiaba el cuerpo, la cara, la voz, el color del pelo y de los ojos. El mundo adulto estaba en el pico de una montaña. Todo estaba hecho. Todo estaba hecho cien años antes de que nacieras y quinientos y mil. Los caminos de la vida eran infinitos, y la presión sobre ti de los caminos, el tiempo y todo lo existente, insoportable. Mirabas el pico de la montaña y dudabas si podrías llegar hasta allí, entonces dabas dos grandes saltos, de uno a diez años y de diez a veinte. Diez años de aquellos eran mucho tiempo. Después, tras el segundo salto, el tiempo iba más lento.

En la infancia está lo mejor y está lo peor. Y con lo mejor y lo peor de la infancia se tiene que vivir en la cumbre de la montaña que miran los niños.

Tuve lo mejor: un quimono de seda y ver un campo de amapolas a las nueve de la mañana cuando el sol de julio todavía no abrasa. Y lo peor: ver, bajo este mismo sol, a mi madre encajando la muerte de su madre, comprender que lo feo también está en lo bonito.

La calle Uruguay

El visitante. El desconocido. El padre. Entre todos los hombres que he visto pasar una sola vez y entre los que me han sido familiares, entre los que deben de existir más allá de mi vida y de muchas otras vidas, estaba mi padre. Lo veía venir a casa por la larga calle que conducía al colegio. Se aproximaba con una cartera de piel marrón en la mano derecha, mientras la calle se alejaba y desaparecía a su espalda. Nunca lo veía marcharse, siempre venía. Lo habría reconocido entre millones y millones de hombres viniendo. Y así, reconociéndolo, lo he visto envejecer. Esto es todo. Lo que una hija sabe de su padre es muy poco. No sabe apenas nada sobre su propio cuerpo y apenas nada sobre su padre. Y sin embargo, su padre está en su vida como una arteria.

No se desesperaba ante nosotros, pero debió de estar desesperado, debió de enamorarse y debió de llorar.

Su mano conocida, sus facciones conocidas y sus gestos conocidos estaban en un desconocido entre la multitud.

Mi padre acababa de regresar de un viaje de trabajo o de negocios. Yo miraba por la ventana cómo jugaban mis hermanos. A mi espalda, la voz de mi madre sonó fatigada, resignada, habría preferido no oírla: «Baja la persiana. Tu padre tiene que descansar». Me volví. Él se desabrochaba el primer botón de la camisa con una mueca de dolor, como si tuviera el corazón en el cuello y lo estuviera estrangulando. Después le oí decir: «Estoy cansado». Y mi madre hizo el gesto de que ella también estaba cansada y aguantaba. La multitud aguanta y está cansada un instante, el de mi padre, mi madre, Albert, Ahmet Kemal y Olga. Cuando estoy en ese instante, estoy con ellos.

Mi padre dijo «Estoy cansado» sentado en una silla, lo que le convertía en un hombre cansado condenado a no descansar. Estaba junto a la ventana, y la luz blanca atrapada en el cristal convertía su camisa en más blanca aún. Por los puños, irreales y cegadores, asomaban sus manos vencidas. Era una tarde soleada. Desde la calle llegaban calor, ruido, algo del olor del pequeño jardín que rodeaba la casa de vecinos y la sensación de que todo el mundo era feliz y estaba alegre, menos mi padre, mi madre y yo, por este orden.

Pensé entonces, como ahora pienso, en aquel lugar donde mi padre estaba sentado. Era el último piso de una casa nueva de tres pisos con portero automático. Alrededor había césped, aligustre y algunos árboles. Entre ellos se oía jugar a mis dos hermanos. Frente a la casa se alargaba indefinidamente la calle del colegio y en la parte de atrás había un taller de madera y otro de cerámica. En el taller de cerámica siempre sonaba una radio.

El dueño acompañaba silbando casi todas las melodías mientras trabajaba y no le importaba que yo me quedase un buen rato mirando lo que hacían. En realidad, me quedaba pensando lo bien que lo pasaría si mi padre fuese un hombre que silba. Al morir su mujer, el dueño del taller dejó de silbar, pero a los dos meses empezó de nuevo.

Desde la puerta del taller de madera se veían tablones y virutas. Los zapatos, al salir, arrastraban el serrín hasta la calle. Más allá estaba el mercado y más allá aún, cruzando cuatro o cinco calles, un paso a nivel. No fui más lejos. Cuando llegó el momento de cruzar el paso a nivel, nos cambiamos de ciudad. Caminé por la larga calle, por el mercado y por el resto de las calles con un abrigo de lana de cuadros, bajo el sol de marzo. El sol se me hundía en el cráneo, traspasaba los brazos y las piernas y me emborrachaba.

Esta fue la casa de la calle Uruguay.

El hombre que fue a la cárcel

Mi padre era inspector financiero en una empresa paraestatal. Viajaba mucho y cada tres años más o menos, con cada ascenso, teníamos que cambiarnos de ciudad.

Mi madre siempre se ha referido con pesar a aquella época. La llamaba «la de los traslados». Cuando hablaba de las grandes cargas de su vida, las cargas eran: la memoria de la guerra, los hijos, los traslados.

La guerra la había padecido la hija, la niña; los hijos y los traslados los había padecido la madre, la mujer. Yo pertenecía a esta segunda etapa de cargas, la más dilatada, la que define una vida como buena o mala y la que define a una persona como cruel o compasiva. Mi madre fue compasiva. Sentía piedad con facilidad. Hacia los necesitados. Hacia los que sufrían. Hacia ella misma. Llevaba la compasión en la sangre. No podía reprimirla, como en ocasiones no se puede reprimir un golpe de risa o de llanto. Durante mi primer gran salto de edad, de uno a diez años, fui testigo de varios de sus golpes de piedad. Voy a contar uno, el del hombre que fue a la cárcel.

«El hombre que fue a la cárcel» estaba casado con una peluquera y tenía tres o cuatro hijos pequeños. Este hombre trabajaba en la misma empresa que mi padre, y mi padre lo pilló cometiendo un desfalco. Mi padre era un lince con los números y al revisar los libros de la jefatura de la que era responsable aquel hombre se dio cuenta de que allí había tejemaneje de dinero.

«De bastante dinero», le comunicó a mi madre, que escuchaba muy preocupada. «He de informar rápidamente. Es mi deber.»

—¿Estás totalmente seguro? —preguntó ella.

—Totalmente —respondió mi padre con pesar—. Lo he revisado una y otra vez.

Mi padre, antes de informar sobre el desfalco, se entrevistó con «El hombre que fue a la cárcel». Mi padre tenía que cumplir con su deber, pero no quería hacer daño al padre de tres o cuatro hijos pequeños y quiso avisarle de lo que se le venía encima. «Es lo más que puedo hacer por usted», le contó mi padre a mi madre que respondió cuando el estafador le suplicó que le diera una semana de tiempo para reponer el dinero.

—Se arrodilló ante mí. Fue terrible. Yo le rogué que no hiciera eso. Por favor, levántese, le dije. Pero él continuó de rodillas y llorando. Me separé y me fui hacia la puerta. Imagínate, estábamos en mi despacho y podía entrar cualquiera. Nunca debí llamarlo.

La cantidad sustraída no la habría podido reponer «El hombre que fue a la cárcel» ni en cien años.

Por eso pedirle a mi padre una semana de silencio era egoísta e inútil. Eso lo comprendían mis padres y también que fue el acto desesperado de un desesperado, y que lo que le ocurrió se lo había buscado él solito:

una condena de cinco años de prisión. Aun así no se pudieron librar de su sentimiento de culpa y siempre he oído hablar de «El hombre que fue a la cárcel» y no del «desfalcador» o el «ladrón» o el «defraudador» o el «estafador».

Mi padre nunca debió entrevistarse con él y así habría evitado que un hombre desesperado, al que él no podía ayudar sin desesperarse a su vez, cayera de rodillas a sus pies. Y mi madre nunca debió apiadarse de su familia.

No encontró otra forma de ayudarles económicamente más que sumándose a la clientela de la peluquera.

La peluquería quedaba bastante lejos de nuestra casa, pero ella regresaba contenta porque había cruzado dos veces la ciudad para «ayudar como podía a aquella familia».

El salón de la peluquería, que yo imaginaba pequeño y abarrotado de secadores, la peluquera, que yo imaginaba pelirroja, y los hijos de la peluquera, que ahora también eran los hijos de un presidiario, se encontraban en la misma zona de recuerdo en que estaban la Turca, el socio y los negocios de Albert.

Nunca los había visto. Nunca envejecerían ni cambiarían de aspecto. Y, sin quererlo, por esa parte de la memoria ha pasado la peluquera, con el pelo rojo, con los tacones desgastados, clavándolos con fuerza en el suelo hacia mi madre, que había cruzado la ciudad para «ayudar a aquella familia». Siempre igualmente joven y despiadada le dijo a mi madre:

—No entiendo por qué se desplaza desde tan lejos ni por qué se empeña en venir hasta aquí. No entiendo por qué me obliga a verla.

Mi madre se lo contó a mi padre, que la escuchaba

recostado en la cama con un pijama de tela de rayas pegado a los muslos.

La peluquera aquel día se había decidido a soltarle a mi madre cuatro verdades y continuó:

—No solo han metido a mi marido en la cárcel, no solo he estado a punto de perder el negocio y no solo tengo que sacar adelante a mis hijos, también he de soportarla a usted.

La peluquera había pensado detenidamente lo que iba a decirle a la mujer del inspector en cuanto apareciese por la puerta, porque estaba cansada y sola y necesitaba decirle cuatro verdades a alguien, y mi madre sería la única persona en el mundo que le permitiría decírselas.

A la peluquera se le puso la cara tan roja como el pelo y le mostró las manos extendidas boca abajo:

—¡Mire! —gritó.

Mi madre miró y vio unas uñas negras. Tardó varios segundos en recobrarse y comprender que estaban medio quemadas por los tintes. Después, la peluquera separó una mano, la adelantó y señaló la puerta ante la cual mi madre estaba petrificada:

—Nadie entra por ahí a regalarme nada, ¿sabe? Me levanto a las seis de la mañana y me acuesto a la una de la madrugada, ¿y sabe lo que hago durante ese tiempo?, ¿lo sabe? Ganarme el sustento.

Tras aquel desagradable suceso, tratamos de olvidar a «El hombre que fue a la cárcel», y prácticamente lo olvidamos. Dejamos de hablar de él. Perdió importancia.

Ya estaba fuera de nuestra casa, de nuestra calle y de nuestros problemas. Pero había pasado por allí con la peluquera pelirroja, y la peluquera había dejado caer la palabra *sustento*.

¿Qué era lo más importante en la vida? Entre muchas cosas importantes se podía elegir la más importante mientras que la necesaria era solo una: sustento. La peluquera, madre de tres o cuatro hijos y mujer de un presidiario, trabajaba unas quince horas diarias, no para algo importante, sino para algo necesario, y cuando pensaba en ello deseaba vapulear a alguien como mi madre. En ese momento la gente como mi madre la pondría enferma.

Ella vivía para el «sustento», el mismo que su marido se había jugado alegremente cuando pasó de ser un irresponsable a ser un desesperado. En cierto modo, Albert también había jugado con el sustento. Me parecía increíble que hubiera en el mundo gente tan arriesgada como Albert y «El hombre que fue a la cárcel». Luego estaba mi padre, que todo lo subordinó a lo necesario, y esto cansa. Si hubiera tenido un golpe de suerte, que se hubiera hecho cargo de lo necesario, habría podido dedicar más tiempo a estar con nosotros y habría dejado de ser el Desconocido.

De pronto ha pasado mucho tiempo, y esto asusta.

De pronto, ya no soy una niña que ve a su padre avanzar por una larga calle. De pronto, me doy cuenta de que he sido joven y de que ya me estoy preguntando dónde está todo eso. Hace un rato pensé que no resistiría el esfuerzo de llegar hasta aquí y aquí estoy, recordando ese momento.

Cuando mi madre era como yo soy ahora solía decir: «Si pudiera volver atrás».

Siento con remordimiento que he malgastado el tiempo. Y después me digo que siempre se malgasta, si no es de una forma, es de otra. Y que hay que tener cuidado con los remordimientos porque son el verdadero infierno de los recuerdos. Aunque peor es la nostalgia. Me digo sinceramente que no hay que volver atrás. Y sin embargo, tengo grabada en la memoria la mano de mi hija, que trae y lleva algo de madera. Le pregunto qué está haciendo, y me contesta: «Hago que es el mar y hago que yo voy en este barco». La miro una y otra vez.

Quiero arrancársela al tiempo. La miro tanto que me duele.

En esta ciudad había mar

Una mano me toca el hombro y una voz me susurra: «Venga, hay que levantarse». Después, a la voz se la llevan unos pasos y me quedo dormida. Solo unos segundos, porque de nuevo vuelven los pasos con la voz que me dice: «Vístete, tenemos que irnos». Mis hermanos lloriquean. Mi padre y mi madre van de un lado a otro recogiendo cosas. Es una situación anormal. Siento su anormalidad como si me arrancasen un brazo. Cuando termino de abrir los ojos, miro a mi alrededor, y ya no hay muebles. Únicamente quedan la lámpara del techo y las camas. Mi padre dice excitado que están esperando para llevarse las camas. Mi madre se precipita sobre mis sábanas y mi colchón. Me pide que me vista, en un tono amable. Se nota que quiere mantener la calma. Yo, seguramente, me visto, y entran dos hombres que separan los cabeceros, los somieres y las bases de las camas, y los colocan con un golpe junto a la pared.

Cuando salimos, permanece, oscilando, la pantalla salpicada de flores naranjas, que cuelga del techo. Se les ha olvidado. Jamás volveremos a esta casa.

La calle es negra y fría. Solo hay unas cuantas luces rojas y nosotros. Mi padre busca un taxi. El gesto de mi madre es de pena, resignación o cansancio. Por fin bajamos de un tren. Es de día, prácticamente la hora de comer.

Hace sol y frío. Permanecemos un buen rato de pie en el andén y otro en la cantina. La cantina es el lugar más de paso que he visto nunca. Yo llevo puesto un abrigo de lana gris. Esperamos algo. Hasta que mi padre dice que se encargará él solo de los muebles: «Me voy al muelle. Vosotros marchaos».

Ahora estamos en un piso vacío, que ya ha sido habitado por otras personas. Los grifos de la bañera parecen de bronce y son enormes. Pienso que voy a necesitar las dos manos para abrirlos.

Hace tiempo que ha pasado la hora de comer, y nosotros no hemos comido. Mi madre deambula, desolada, de una habitación a otra, sin saber qué hacer. Yo no tengo hambre, pero le grito: «¡Tengo hambre!». Y de nuevo: «¡Tengo hambre!». Mis hermanos lloriquean. Mi madre baja a la calle y trae unos bocadillos. Nos los comemos sobre los papeles que los envuelven. Las baldosas del suelo dibujan una greca a lo largo de la pared. En la habitación donde nos estamos comiendo los bocadillos hay un balcón, y en el balcón unos tiestos con geranios secos.

Rodea la casa un pequeño jardín. Avanzada la tarde, damos una vuelta por los alrededores de la casa mis hermanos, mi madre y yo. Nada me gusta. Enseguida se hace de noche, una noche extraña en un lugar extraño. Las luces de la calle, de los comercios y de las ventanas son misteriosas. Lo que ocultan es desconocido para mí. Sé que acabaré habituándome al portal y a la escalera y a los nuevos olores, pero aún no lo estoy. A las dos horas llega mi padre con el camión de los muebles. Los suben por el balcón y por la escalera. Una corriente de aire helado pasa por los embalajes. Mi padre indica a los empleados de la mudanza que monten las camas antes de marcharse. Mi madre toma una decisión rápida y señala una habitación para cada una de ellas. En el destinado a ser mi cuarto cuelga del techo una tulipa de cristal verdoso, y pienso: «Se les ha olvidado». Todo lo demás permanece aparatosamente amontonado. Mi padre me dice, adoptando una actitud alegre, que ha visto a dos niñas de mi edad por la escalera.

En esta ciudad hay mar, y el domingo por la tarde vamos al puerto a ver los barcos. Mi padre mira ausente un trasatlántico con bandera norteamericana, y yo siento algo frío, insípido en lo que veo, me canso de estar allí. Estoy viendo los grandes buques, el cielo azul sobre ellos, entre ellos y el cielo las gaviotas planean y picotean el agua sucia. En el agua sucia se forman islotes de espuma. No hace calor. Es invierno. Recorremos el muelle sorteando rollos de cuerda más gruesa que un brazo de mi padre. No hay casi gente. No hay sonidos. Me parece que no estoy allí. Soporto el mirar, el poco calor y el fingido interés de mi padre por mostrarnos el mundo, el gran mundo, tal vez.

Con la llegada del verano, cogíamos el tranvía para ir a la playa. El aire era pegajoso en el tranvía. En general, los veranos eran largos y pegajosos en aquella ciudad, pero merecía la pena sudar para dejarse cegar por la línea de agua metálica y el sol abrasador fundidos ante el tranvía, que rodaba por unos raíles negros.

Una vez en la playa, mis hermanos jugaban con un cubo, acarreando agua sin cesar. Yo prefería hacer hoyos muy profundos en cuyo fondo con mucha suerte podía encontrarse una caracola llena de arena. La lavaba en la orilla, me la colocaba en el oído y me quedaba un rato de pie mirando hacia alta mar, cuyo oleaje misteriosamente escuchaba desde aquella caracola.

Albert ha muerto

Albert ha muerto. Lo encontró el portero bajo la ducha. Un vecino le había avisado de que en aquel piso, el piso de Albert, ocurría algo raro. Era el vecino de al lado, y a este vecino le pareció que no era lógico que no cesase de oírse la ducha durante cinco horas seguidas.

Olga telefoneó y dijo, tras un instante de silencio que anunciaba lo peor: «Albert ha muerto».

Cuando murió el Cónsul, se dijo: «Ha fallecido» y «Ha expirado». Pero Albert «había muerto». Una mañana, a sus cuarenta y cinco años, se acabó. Es decir, estaba desnudo bajo el agua y bruscamente dejó de sentirla.

Sin embargo, el agua siguió cayendo, y el vecino del piso contiguo continuó oyéndola caer.

«Ha muerto solo», dijo mi madre mirando el plato.

Se le dio muchas vueltas a esta situación: el desayuno preparado para uno en la mesa de la cocina, la cama revuelta, el traje, la camisa y la corbata extendidos sobre la cama revuelta, el portafolios abierto pendiente de un último vistazo. En el frigorífico había comida para varios días. Frente a esta absoluta disposición para la vida estaban, al fondo del pasillo, la bañera, los ojos asombrados de Albert y el agua de la ducha mojándolos sin cesar. La situación permaneció exactamente así hasta el mediodía en que su vecino, que también vivía solo, bajó en batín y zapatillas a la garita del portero y le comunicó lo que le parecía que ocurría. Subieron juntos y tocaron el timbre bastante rato. Como no hubo respuesta, el portero sacó la llave del bolsillo. Tenía sus dudas porque los porteros tienen las llaves de los vecinos para casos de verdadera emergencia y no para meterse en los pisos en cuanto los vecinos salen por la puerta. Él era el portero, él tenía la llave y él debía decidir. El vecino le aseguró que compartía su responsabilidad, más aún, que la asumía por entero porque estaba seguro de que lo que estaba pasando no era lógico. «¿No oye correr el agua?», preguntó al portero.

El portero pegó la oreja a la puerta. No sabía si lo oía, había tantos pequeños ruidos en el inmueble. Tenía la llave en la mano y la oreja en la puerta. Dentro ocurría algo o no ocurría nada. Lo que perturbaba al portero era aquel gran silencio lleno de pequeños ruidos engañosos.

—¡Abra! —le ordenó el vecino al portero—. ¡Abra de una puta vez!

El vecino ya no podía volver a su piso como si tal cosa. Ya no podía seguir viviendo sin haber entrado en el piso de al lado.

—Él está adentro haciendo lo que sea y no quiere abrir, porque sí que se oye algo —dijo el portero.

El vecino le arrebató la llave y abrió. Todo estaba en calma y en penumbra. Un manojo de llaves prendidas a un llavero de cuero se esparcía sobre la consola de la entrada. El portero y el vecino lo miraron y se miraron. El portero gritó: «¡Señor Albert!», y siguieron adelante. Pasaron a la alcoba y vieron la ropa extendida en la cama. Se precipitaron corriendo hacia el ruido del agua y antes de entrar en el cuarto de baño se detuvieron un instante. Sabían que lo que iban a ver no era agradable.

Lo vieron y cerraron los grifos.

Luego llamaron por teléfono. A continuación el piso se llenó de gente. Alguien telefoneó a Olga. Olga quiso saberlo todo, y el portero y el vecino se lo contaron en la casa del vecino, que era idéntica a la de Albert, pero con una decoración de locos. El vecino repitió varias veces: «No es lógico morir así», y Olga no veía el momento de perderlo de vista.

Mi madre dijo también varias veces, con pesar: «Ha muerto solo».

Y ese momento de soledad de Albert, esa muerte brusca, limpia, que sencillamente no era más que lo que parecía, es una piedra perfecta en mi pensamiento, como si la verdad fuera de piedra.

¿Cuál fue su último pensamiento? ¿Olga, su socio, Carlitos, la camisa extendida en la cama? ¿Pensó que se enfriaba el desayuno o repasaba lo que iba a decirle a quienquiera que fuese a ver? Una última imagen se había llevado a la eternidad, una última sensación. Cualquier otro podría haber pensado: «Siento dolor, Dios mío, ¿qué es esto? No puedo morir así».

Pero Albert era un soñador y nunca pensaba en lo que realmente estaba ocurriendo.

En el piso de Albert, entre el tumulto de gente, había un hombre vestido con un traje marrón, que se fue derecho al portafolios de Albert. Entonces, Olga le echó el alto. Lo miró de frente, diciéndole con esta mirada que no retrocedía ante ninguna otra mirada, lo sinvergüenza que era, y cogió el portafolios. Él le dijo: «No sabes nada. Nunca le has comprendido», y echó un potente vistazo al portafolios cogido por la mano de Olga. Pero el puño de Olga encerraba con tanta fuerza el asa que comprendió que era inútil insistir.

Era el socio de Albert, con su inquebrantable aspecto de prosperidad: piel lustrosa, mucho pelo, buena percha. Los trajes le caían de fábula. Siempre parecía el dueño del lugar donde estuviese. Tras él, también miraba el portafolios una chica que imitaba a las rubias. Debía de ser la secretaria del socio o de Albert o quizá de los dos. Iba vestida al gusto de Albert, y quizá también del socio, con medias negras, tacones altos y bastante maquillaje. Tenía los ojos llorosos, sin embargo, la entereza del socio le hizo dudar sobre la conveniencia de llorar y no lloró. Toda la violencia retenida dentro la volcó en Olga a través de una mirada indecisa pero salvaje. Olga pensó que aquella chica sería capaz de hacer cualquier cosa que fuera sugerida por un Albert o por un socio de un Albert. Y por un instante sostuvo la mirada salvaje de la otra tratando de comunicarle algo, no sabía bien qué. Después dio por concluido el encuentro. Se separó de ellos sin soltar el portafolios, y ellos se dirigieron a la puerta de la calle. La cabeza rubia de ella y la cabeza oscura de él pasaron en fila ante los cuadros del pasillo, dejaron atrás el manojo de llaves esparcido sobre la consola y salieron. Era el comienzo de la primavera, cuando te despiertan los pájaros y la gente se pasea por la calle con la ropa que hace unos días llevaba debajo del abrigo.

Hay pensamientos que pertenecen más a las cosas que a la memoria. Y la muerte de Albert quedó fijada en

la tulipa verdosa que colgaba del techo de mi cuarto. Mirándola, vi, una y otra vez durante semanas, el batín del vecino avanzando por un pasillo al final del cual había una cama deshecha y ruido de agua. Vi a Albert pescando en el acantilado y luego muerto, lo vi levantando a Olga en brazos y luego muerto, lo oí reírse con su fantástica risa y luego a mi madre diciendo: «Ha muerto solo». Después mi memoria se fue dulcificando y solo recordaba a Albert con la gorra blanca de visera, bajo el sol y metido en el agua hasta la cintura, pensando en negocios fabulosos.

Sin embargo, cuando me tumbaba boca arriba en la cama y clavaba los ojos en el cristal de la lámpara, el cristal me devolvía la frialdad y la dureza de algo que yo había puesto allí.

Mis padres asistieron al entierro de Albert y regresaron a casa con dos trajes sin estrenar que Olga había obligado a mi padre a aceptar: «Te apreciaba mucho. Te quería como a un verdadero hermano. No puedes rechazarlos». A mi padre le repugnaba la idea de ponérselos: «Además, era más alto que yo», se justificaba. Pero tampoco quería tirarlos, le daba no sé qué tirar lo único que teníamos de Albert. Mi madre los colocó en unas perchas y los metió en la parte más profunda del armario, junto a las gabardinas de color crudo.

A partir de este momento, Carlitos fue huérfano de padre, y Olga, viuda. Continuó encargándose de los negocios inmobiliarios, aunque pensando en el sustento más que en la grandeza. Modestamente. «Mi vida es modesta», le gustaba decir, ahuecándose el pelo oscuro y misterioso con la mano. Seguía fumando rubio y be-

biendo coñac por las tardes, pintándose las uñas de rosa pálido y continuaba sin encontrarse ningún rastro de modestia en su persona. No se supo que volviera a enamorarse y se entregó a vivir pendiente de Carlos, a evitarle cualquier revés y sufrimiento. Porque Carlos no tenía un padre, como tenía yo y tenía la mayoría de la gente. «Carlos solo me tiene a mí, ¿comprendes?», me decía. Y entonces yo quería ser capaz de comprender y sentirme Carlitos en un universo sin padre. Y aunque, por mucho que me esforzara, no podía imaginarme a mí sin mi padre, sí podía imaginar que era Carlitos sin el suyo. En ese instante, sin su padre Albert y con su madre Olga, no podía entender la serenidad de Carlos, el temple que siempre le ha caracterizado.

Con el paso del tiempo se fue recluyendo más y más en esta serenidad y últimamente me ha parecido un dios, quizá el que yo perdí en mi niñez, que desde el despacho de su casa contempla el mundo, y que esa misma contemplación impone un orden donde estoy yo. Donde también están su mujer y sus hijos, que le dejan contemplar lo que ellos desordenan. Porque un día estreché la mano de uno de sus hijos, y era una mano caliente, algo sudorosa, una mano con más sangre que ninguna otra, y que me hizo pensar: «Este chico está dispuesto a todo. A este chico todo lo que se encuentra de la mañana a la noche le parece poco».

La niña era el vivo retrato de Olga, con ojos de tierra. De oro, si el sol daba directamente sobre ellos.

A Olga le apenaba ver a su hijo metido en el despacho todo el día, resignado, abandonado por todos, es decir, por su mujer y sus hijos, a los que calificaba de «pandilla de buitres» y a los que no perdonaba que no amaran a su hijo tanto como ella. Su hijo —que no vol-

vería a ser el niño que dependía de su madre, que protegía a su madre y que no era como mis hermanos ni como yo porque comprendía demasiado— vivía sentado en su confortable despacho de muebles blancos, en el ala más silenciosa de la casa. Todavía no había alcanzado la edad de su padre cuando su padre se casó con Olga y ya tenían un gran parecido físico y al mismo tiempo una gran diferencia: Albert había poseído el don de colarse en otra vida y quedarse en ella, como se quedó en la mía.

Mi conocimiento de Carlos está hecho de saltos y vacíos. Fue niño y, de repente, fue hombre. Nunca tuvo quince años. Nunca estuvo con amigos. Ni jugó en la calle. Una vez lo vi vestido de soldado y la vez siguiente estaba casado y tenía hijos. Dos, un niño y una niña clavados, según todo el mundo, a mis tíos Albert y Olga.

Olga envejece, aunque sin grandes cambios físicos. Por fortuna, no es una de esos que «se transforman tanto con la edad que tendrían que cambiar de nombre», como alguna vez dijo Olga cuando aún no se le pasaba por la cabeza que pudiera llegar a ser como ahora es. Su imagen solitaria actual sobre el fondo cambiante de la juventud y la novedad me sirve de aviso, me aconseja en cada paso que doy: «Piénsalo bien». Y, sin embargo, la envidio porque cuando ella fue joven, lo fue eternamente.

El pañuelo rojo

Aquel verano en la Costa Brava no existe como no existo yo con diez años, aunque pueda volver a verme en la película de Albert. La veo y me extraño porque nada es como creía. Las edificaciones que bordean la playa no son casitas apiñadas ni las rocas del acantilado, grandes y cuadradas. No merece la pena buscar la fidelidad en el pasado, uno se puede encontrar con que no vio lo que había sino lo que ahora piensa, y lo que piensa no son feas construcciones desperdigadas de apartamentos sino casitas tan imperfectas como el terreno, pintadas una y otra vez para combatir la humedad y el salitre.

Me muevo en la película, ante la línea de bloques dispuestos sin orden ni concierto, con afectación. No soy espontánea ni natural ni tengo gracia. Solo yo sé, porque nunca me mostré abiertamente, que era una criatura difícil.

También Albert debió de comprender que la mayor de sus sobrinos crecía de forma dolorosa.

Aquel verano llovió mucho durante varios días seguidos.

En la calle se formaban grandes balsas de agua, y algunos optaban por andar descalzos, sobre todo los extranjeros, que eran gente más decidida y desenvuelta. La más parecida a ellos, sin duda, era Olga.

Apenas podíamos acercarnos a la playa. Solo cuando escampaba salíamos a dar una vuelta por el pueblo, a encontrarnos con enormes charcos y con papelerías con todo tipo de prensa extranjera. Olía magníficamente.

Hasta hace poco he conservado un pañuelo de seda rojo en una de cuyas esquinas estaba escrito «Love» en letras blancas. Se le cayó del pelo a una de aquellas chicas que mi padre y Albert llamaban «rubias», y yo lo recogí y lo introduje entre la goma de mi pantalón de felpa y la carne. La chica me preguntó si había visto en el suelo un pañuelo rojo. Le contesté con sequedad que no, mientras sentía en mi cintura su contacto rojo y húmedo como una herida que no solo no duele, sino que acaricia. Me fueron indiferentes la pesadumbre de la chica y la mirada de recriminación que me lanzó Olga, incluso la certeza de que varios de los presentes habían observado cómo yo arrebataba, a un fondo gris y encharcado, algo rojo. Me sentía contenta como si al fin tuviera lo que siempre había deseado tener. Al llegar a casa me levanté la camiseta y lo extraje por la cinturilla del pantalón con la sensación de que salía del interior de la carne.

No era una cosa comprada, ni una cosa regalada. Era algo que había caído en mi mundo desde otro donde esa cosa era querida. La cosa era misteriosa, bonita y la tenía yo.

—¿Y ese pañuelo? —preguntó mi madre algo intrigada.

—Me lo he encontrado —contesté mirando de reojo a Olga.

Olga giró la vista a otro lado. A veces, estoy segura de que no sabía qué pensar de mí.

Por la noche Olga salió como todas las noches. Pero antes venía muy alegre hacia nosotros, hacia los que nos quedábamos, y nos daba un beso a cada uno. Con el beso nos dejaba una impresión de perfume y de vida que iba a ser vivida intensamente.

Primero la sentía inclinada sobre mí, recién salida del cuarto de baño, después la oía alejarse por la calle y finalmente la imaginaba cayendo en la vida de alguien como el pañuelo rojo había caído en la mía.

Era natural que Olga saliese y que no se limitara a cenar, ver la televisión e irse después a la cama. No era natural que lo hiciese mi madre. Yo prefería a mi madre. Aunque a veces deseaba que fuese como Olga para que no se torturara pensando en mi padre, en el fondo me tranquilizaba verla enfrascada en nosotros, preocupada porque comiésemos a la hora y por enjuagar los bañadores. Su dedicación me daba fuerza, y la fuerza me daba egoísmo.

Y así, sintiéndome enormemente egoísta, en algunos momentos fui feliz.

Mientras tomaban el sol y mientras comíamos en el merendero de la playa, Olga contaba y mi madre escuchaba y a veces metía baza. Una sola vida era poco para Olga, necesitaba al menos dos y, ante la imposibilidad de vivir una a continuación de la otra, había decidido simultanearlas.

Mi madre siempre había asistido de lejos a la otra vida de Olga, la que ahora se desenvolvía en la luz artificial de la noche o la que años atrás se había desenvuelto en París o la que se había desarrollado en relación con esa «Turca» siempre tendida en un diván y rodeada por una tribu de familiares.

Una noche oí risas de hombres y mujeres bajo mi ventana y me desperté. Una de ellas era la de Olga. Las risas entraron en la casa y se les sumó la voz de mi madre que preguntaba qué querían tomar. Hablaban y hablaban. Y mientras hablaban, me dormí. Soñé con sus risas, con la más reconocible y potente: la de mi madre. Cuando no era su risa, era su voz, perfecta y multiplicada como si se desplegase en una gruta. La forma de escuchar el sueño lo convirtió en pesadilla. Y tuve miedo de que en adelante todo lo que mi madre hiciese ya no lo hiciese pensando solo en nosotros, sus hijos.

Olga dedicaba algunos ratos a hablar mal de Albert, que era su otra vida rota, la que le hacía sufrir hasta llorar un poco. Y mi madre, tras la muerte de Albert, dijo: «No nos engañemos. Albert no ha sido ningún ángel. Por su culpa Olga tiene los nervios destrozados».

Podría ser. Tras repetirlo dos o tres veces, podría hacerme dudar de la persona con la que yo más había hablado de la vida.

Y lo repitió, y dudé. Al fin y al cabo, yo solo podía entrever vagamente la complicación moral de alguien que había vivido todos mis años unas cuatro veces.

Mi madre decía de Albert, entre otras cosas, que había sido «así», y cerraba el puño de la mano derecha como si el puño contuviese todos los bienes de la tierra. Quería decir que Olga no había tenido acceso al puño de Albert. ¿Era esto lo que le había destrozado los nervios?

—Era un soñador —lo defendió mi padre.

—¿Un soñador? Me río de esos soñadores —replicó airada mi madre—. Un soñador piensa en grandes cosas y él solo pensaba en una pequeña: el dinero.

Mi padre, que en este instante estaba del lado de Albert y de todos los soñadores, movió la cabeza con pesadumbre.

El dinero había sido la pasión de mi abuela Antonia, de «El hombre que fue a la cárcel» y de Albert. Y, sin embargo, los tres eran muy distintos. Antonia fue codiciosa y Albert fue «fantasioso» (como solía llamarle Olga, además de idiota y cantamañanas). Antonia solo tenía inteligencia, y Albert solo tenía corazón. Por mucho que mi madre tratase de desenmascararlo yo no podría dejar de quererle. Es decir, que me encontraba más cerca del corazón de Albert que de la inteligencia de Antonia. En cuanto a «El hombre que fue a la cárcel», hizo lo que hizo sabiendo que iba a estrellarse.

Porque, según trascendió tiempo después para tranquilidad de mi madre, era un vicioso del juego. Echaba partidas de póquer de seis y siete horas seguidas. Su mujer, la peluquera, pensaba que tenía algún lío de faldas. A veces regresaba al hogar muy contento, otras, abatido y envejecido. Ella, mientras le oía decir que el trabajo le agobiaba, se dedicaba a sospechar.

Estaba segura de que la engañaba, pero no encontraba ningún rastro femenino en el rastro masculino que él dejaba cuando se marchaba por las mañanas a la oficina. Creyó que iba a volverse loca. Siempre había sido una mujer resuelta, sin pelos en la lengua, con los pies en la tierra, y ahora se estaba trastornando. La consumía la amargura de no saber. De la mañana a la noche no sabía. La clientela podía leer en ella: «No lo sé». Vivían encima de la peluquería. Las ventanas del dormitorio caían sobre los grandes ventanales de la peluquería, desde los que se podían ver las cabezas de la clientela en los secadores. Durante las quince horas que se pasaba allí metida, muchas veces alzaba la vista al techo, que era el suelo del dormitorio, y meditaba en lo felices que podrían ser sin esa sombra de duda, y entonces pensaba que si subía y registraba el dormitorio encontraría algo que fulminaría la duda y la tranquilizaría para siempre. Dejaba el trabajo en manos de sus tres ayudantes y corría escaleras arriba. Entraba en el dormitorio. Lo veía en orden: la colcha perfectamente extendida sobre la cama, las cortinas echadas, las mesillas y la cómoda relucientes, en una percha unos pantalones. Registraba los bolsillos. A veces encontraba algo, como un número de teléfono sin nombre, y otras, nada. Abría el armario y continuaba registrando bolsillos de más pantalones y chaquetas. Desde la peluquería podían oírse sus pasos recorriendo el largo del armario, yendo a las mesillas y a la cómoda, dirigiéndose al salón. En el salón, pasos cortos en torno a una mesa. Rebuscaba en los cajones y entre los papeles del escritorio de su marido. Se agotaba, se sentaba un instante en una silla y miraba al suelo, que era el techo de la peluquería, pensando en lo que estaba haciendo: se olvidaba del trabajo, perdía el tiempo, no prestaba atención a las conversaciones.

Bajaba de nuevo, preocupada, muy preocupada por lo que le ocurría. Lo que le ocurría no era bueno. A menudo se sentía mal, tan mal que necesitaba acostarse como si estuviese enferma. Inventaba dolencias para justificarse.

Se decía a sí misma que la mantenían en pie el trabajo y los hijos. No debía perder la cabeza, se lo debía a los niños. Que él hiciese lo que quisiera.

Ya no le importaba. Estaba fuera de su vida y de sus preocupaciones. De pronto, había recobrado el sentido. De pronto, disfrutaba con el trabajo, con la charla, con la soleada mañana de tras los ventanales. Era un respiro. Luego, él llegaba tarde, con un ligero temblor en las manos, y el respiro terminaba. Cuanto hacía y decía era sospechoso. Todo podía ser verdad y todo podía ser mentira. Era un infierno.

Y un día al revisar mi padre la contabilidad de uno de los departamentos de la empresa notó «algo» y se dijo: «Aquí hay algo», y no paró hasta que dio con ello. Después se lo comunicó al responsable, que no era ni más ni menos que el marido de la peluquera. Se lo contó a mi madre. Informó al Consejo de Administración de la empresa.

La peluquera fue puesta al corriente por su marido del lío en el que estaba metido. Un error en los libros. Un error de dinero. La peluquera, que había pasado de ser una mujer segura a sobresaltarse por cualquier cosa, se quedó helada. Más tarde, se enteró sucesivamente de que no se trataba de un «error» sino de un «robo», de que para reponer la cantidad sustraída no bastaría con vender la casa, la peluquería y los muebles. Se enteró de que su marido «jugaba», preferentemente al póquer aunque tampoco le desagradaban los caballos. Y respiró definitivamente.

Ya no estaba espantada, ni obsesionada, ni la vida era un infierno. No sentía necesidad de estar enferma ni de subir con urgencia al dormitorio. No volvió a registrar un solo bolsillo de un solo pantalón ni de una sola chaqueta. De nuevo tenía los pies en la tierra.

Al final del verano, mi madre fumaba y tomaba bebidas con alcohol, no vino solo en las comidas, sino whiskies y gin-tonics. Mi padre no percibió el cambio. El tiempo había refrescado, y por las tardes la playa se quedaba desierta. Entonces se oían los chillidos de las gaviotas como si cada una de ellas llevara clavado un cuchillo en el pecho. Había un momento en que las gaviotas planeaban entre gotas de espuma sobre el oleaje, y el cielo sobre las gaviotas y el oleaje, y nadie lo veía.

Los veraneantes prácticamente habían desaparecido y la pintura de «El palacio varado» caía en desconchones azules sobre la arena. A Olga, aprovechando la melancolía del atardecer, le gustaba exclamar: «¡Qué sitio, me quedaría aquí para siempre!». Olga, a veces, para expresar lo que sentía decía lo contrario. La realidad era que nosotros habíamos sido olvidados en aquel pueblo como los enseres que pierde en el camino una tropa que huye. Olga ya no salía de noche, no se divertía y no tenía nada que contar. Solo hablaba de Albert y de las noticias del periódico. Estaba deseando largarse.

Y un fin de semana levantamos el campamento. Las cosas que habíamos llevado al principio del verano se habían multiplicado por dos, y teníamos que recogerlas todas, meterlas en maletas y cargar con ellas. Mi madre repetía una y otra vez: «Seguro que nos dejamos algo». Esta consideración comenzaba en la casa de alquiler que abandonábamos y no terminaba hasta que llegábamos a nuestro verdadero hogar, porque teníamos que coger un taxi que nos acercase al apeadero del pueblo y un tren de corto recorrido hasta Barcelona. En Barcelona tendríamos que esperar un par de horas hasta tomar un tren de largo recorrido a Valencia y, finalmente, en la estación de llegada, un taxi hasta nuestro domicilio. Mis padres debían afrontarlo acarreando bultos y niños. Su única ayuda era yo. Mi madre constantemente miraba hacia atrás angustiada con la sensación de que perdía algo.

En esta ocasión fue diferente. Albert y mi padre aparecieron el viernes montados en un flamante Mercedes descapotable, que brillaba por todos los lados. Tocaron la bocina en la puerta, y los de dentro nos precipitamos afuera. Vimos a Albert sentado muy derecho en el asiento del conductor con las manos alrededor del volante. Se volvió hacia nosotros sonriente y se arrancó las gafas de sol de la cara. Su sonrisa subió a los ojos y la frente. La capota estaba bajada y saltó del coche sin abrir la portezuela. Cogió a su hijo en brazos, los estiró y lo elevó muy alto, contra el cielo. Los rizos de Carlitos, alrededor de una mirada intemporal, pendían hacia abajo. Muchos años después, aquel cielo era un despacho blanco, y los rizos no existían, pero su modo de mirarnos era el mismo.

Mi padre salió al modo clásico. Se detuvo a escuchar el chasquido de la portezuela al cerrarse y pasó la mano por la carrocería de caramelo. Disfrutó con ello. Vino hacia nosotros. Olga no sabía si alegrarse o enfadarse. Se dirigió a mi padre, en lugar de a Albert: «¿Quieres decirme qué significa todo esto?». Señalaba con los ojos negros el coche rojo. Albert dejó a Carlitos en el suelo y fue en ayuda de mi padre. Cogió a Olga por los hombros y la besó en los labios.

—¿Te gusta?

—Demasiado llamativo —contestó ella.

Él la estrechó un poco más contra sí. Le gustó que le pareciese llamativo.

—Ha sido una ganga.

Entre sus brazos, Olga hizo un gesto, que todos comprendimos. No podían permitirse aquella ganga. Y, sin embargo, los Mercedes de color cereza y tapicería neutra estaban destinados a Albert y a ella. Ahora que lo tengo, me gustaría retener aquel momento, sentarme en el asiento del conductor y colocar los dedos en las hendiduras del volante, mientras levanto los ojos a un cielo azul, plano e infinito.

—¿Quieres que demos un paseo? —me pregunta Albert, y se precipita a los asientos el resto de los niños.

Albert les corta el paso:

—¡Alto, señores! Primero la mayor. Serán cinco minutos y después vendré a recogeros.

Me senté a su lado, en el asiento destinado a Olga.

De vez en cuando él inclinaba la cabeza hacia mí y sonreía. Yo le dije que estaba disfrutando como nunca y que deseaba ser mayor y conducir mi propio Mercedes. Pero no era verdad, lo que en realidad me agradaba era ver tan contento a Albert. Nunca he logrado que llegaran a interesarme los coches.

A la mañana siguiente pudimos contemplar cómo se alejaba por la carretera de la costa un Mercedes cargado de maletas. Se había decidido que Olga y Albert transportaran los equipajes en el coche y que los demás nos fuésemos en el tren hasta Barcelona. Fue un paseo.

Llegamos a la estación andando, subimos al tren con toda comodidad y nos sentamos. Al sentarnos, mi madre soltó un suspiro de satisfacción. Sabíamos que éramos libres porque otros años habíamos sido esclavos de los bártulos que llevábamos. Eso no podían comprenderlo nuestros compañeros de viaje, que miraron a mi madre, cuando suspiró, como a una mujer feliz. Un extranjero grande, colorado y sin pestañas, más viejo que mi padre, sonrió a mi madre, a mi padre y a los cuatro niños, uno de los cuales era mi primo Carlitos. Le agradábamos. Quería mezclarse con nosotros y le preguntó a mi madre si los cuatro niños éramos hijos suyos. No utilizó apenas palabras, se explicó con las manos. Mi madre se precipitó a intentar aclarar que Carlitos no era su hijo. Esto era muy de ella porque le horrorizaba la mentira y era capaz de decirle la verdad a cualquiera, aunque a esa persona no le interesara en absoluto. Mi padre la frenó cogiéndole la mano y asintió al turista: «Sí, son nuestros hijos».

El extranjero miró las dos manos unidas. Me satisfacía que todos los detalles que el extranjero recibía de nosotros fueran detalles bonitos. Me importaba mucho que se llevase una buena impresión a su país. Un país lejano como un planeta lejano. Su país era Suecia. Echó mano de la cartera y nos enseñó un par de fotos: primero estaban él, su mujer y sus hijos con gorros y bufandas de lana, tras ellos una casa de madera con chimenea y finalmente montañas cubiertas de nieve luminosa. Los niños de la foto ya eran mayores, explicó. Cada uno vivía su vida.

Luego señaló a la mujer. Estaban divorciados. Tras guardar de nuevo aquellas pérdidas en la cartera, no se mostró ni más triste ni más alegre. Seguramente en el planeta nevado los sucesos de la vida se tomaban de forma más natural que aquí. Nos dijo que se llamaba Bjorn, y escribió el nombre en la cajetilla de tabaco de mi padre.

También nosotros le dijimos nuestros nombres. El sol se reforzaba en el cristal de la ventanilla y luego se posaba en la mejilla de Bjorn mientras los repetía.

Cuando bajó del tren, nadie habló, se hizo un gran silencio y pudimos oír con gran nitidez las ruedas de hierro al arrancar. Bjorn nos dijo adiós con la mano desde el andén. En su mejilla centelleaba un entramado de venas rojas.

—Los que viven son estos pájaros —dijo con amargura un viajero que no había abierto la boca mientras estuvo Bjorn. Se refería a Bjorn, y pensé que hablaba enfadado porque tenía el ceño fruncido y no se dirigía solo a mis padres sino a quien quisiera escucharle. La mirada erraba por todas partes y era una mirada incalificable como si no tuviera ninguna, solo vista.

—¡Y que lo diga! —añadió mi padre.

El hombre esbozó una media sonrisa y continuó:

—Vamos a sus países para que nos exploten y cuando vienen aquí también nos explotan. Por poco dinero comen, beben y toman el sol con avaricia.

Pensé en la cantidad de sol que Bjorn se había llevado en la mejilla.

—Y no solo eso —completó mi padre—. Se han hecho con la costa.

Había puesto el dedo en la llaga. El hombre se pasó el índice por el cuello de la camisa. Empezaba a sudar.

Llevaba la chaqueta cuidadosamente doblada en las rodillas y sobre ella las manos cruzadas. Por las mangas descendía una raya perfectamente planchada. A su lado había colocado, uno sobre otro, el periódico, un libro y dos cajetillas de tabaco. Su pelo negro parecía todavía más oscuro por la brillantina.

—¡Qué calor más pegajoso! —se quejó.

Y mi madre, que estaba junto a la ventanilla, la bajó un poco más.

—Están comprando la costa. —Movió afirmativamente el pelo negro y reluciente hacia mi padre, que lo había dicho primero—. Ahora, sin salir de casa, somos camareros en restaurantes alemanes y conserjes en torres de apartamentos belgas. —Miró el reloj y empezó a hablar más deprisa—. A eso lo llaman inversión. Nos están haciendo un favor invirtiendo, siempre nos están haciendo favores. Y nosotros somos tan tontos que confraternizamos con ellos y les alegramos la vida.

Hubo un breve silencio en que la cajetilla con el nombre de Bjorn creció ante los ojos de todos como testimonio de confraternización con el extranjero. Mi padre estaba azorado y trató de defenderse poniendo las cosas en su sitio:

—Hay que reconocer que son más astutos. Saben dónde está el negocio. Hace unos años, muchos de esos terrenos se vendían regalados, y nadie los compraba. Ninguno se imaginaba entonces que el turismo iba a crecer de esta forma.

El hombre de traje (tendría alrededor de veinticinco años) no soportaba ciertas cosas. No soportaba lo que mi padre le estaba diciendo. Se pasó los dedos por el pelo abriendo surcos que quedaron así, abiertos, y cogió el libro y lo puso sobre la chaqueta.

—¿Quiere decir que los admira, que vienen aquí, se quedan con nuestras tierras y nuestro trabajo y usted los aplaude?

Me habría gustado matarle. Matar el tono de su voz y la mirada de sus ojos. Hubiese querido que su crueldad fuera pisoteada por la mía mil veces superior.

Mi padre insistía:

—¿Sabe por cuánto se podía comprar el metro cuadrado hace, pongamos, diez años? Me refiero a primera línea de playa.

El otro negó con la cabeza, y abrió el libro despreciando las últimas palabras de mi padre. Y mi padre concluyó débilmente.

—Pues por la mitad de la mitad de su precio actual.

Llegamos al mediodía a la Gran Vía, al piso de Olga.

Las maletas estaban amontonadas en el vestíbulo.

Olga desenvolvía en ese momento unos pollos asados y dijo: «El trabajo está muy atrasado. No sé qué ha estado haciendo Albert durante este tiempo». Después troceó los pollos, preparó una ensalada y anunció que iba a ver a unos clientes y que regresaría sobre las cinco.

Como a las cinco no regresó, salimos a dar una vuelta. Mis padres se detenían cada siete u ocho pasos ante los escaparates, se detenían más tiempo del que caminaban.

Mi madre examinaba los objetos colocados tras la luna, y mi padre se apoyaba en ella y vigilaba a mi hermano para que no cruzara la calle. Hablaban de dinero, no de pasta, no del gran dinero que solo funciona en la cabeza y en los bancos, sino de un dinero que se podía volcar en la mesa, que se podía contar y del que se podía apartar una cantidad para el alquiler del piso, otra para los colegios, otra para comida y algo para ropa y para salir por ahí. Mi padre tendría que viajar más a menudo porque las dietas eran una imprescindible fuente de ingresos para comprar una buena casa en Madrid. Ese sería el último destino de mi padre. Cuando recalásemos en Madrid, ya no nos moveríamos más. Por tanto, hasta alcanzar ese momento todo era provisional: el colegio, los amigos, la larga calle flanqueada de comercios, portales y garajes, los vecinos. Solamente los muebles eran siempre los mismos, de tal modo que me había acostumbrado a dormir en la misma cama en casas distintas y a ver diferentes calles desde el mismo sillón. Seguramente para esto, para introducir un punto de apoyo estable en nuestra inestable existencia, mis padres estaban empeñados en hacerse con cosas buenas y duraderas, perdurables.

Como, salvo los muebles y nosotros mismos, tarde o temprano acabábamos abandonando todo lo demás, yo buscaba refugio, no en los sitios, sino en los ambientes, así las sensaciones más familiares quedaban unidas a la niebla, al sol, a la lluvia o a los cines de barrio. Había aprendido a acomodarme en una impresión.

Estábamos mirando escaparates de ropa de caballero muy cara, y los veíamos con la luz natural de las seis de la tarde, entre gente que pasaba arriba y abajo. Me aburría, pero no me desagradaba. Lo soportaba mejor que los escaparates con vestidos de novia o electrodomésticos arrojados por una descomunal fuerza voltaica a una calle desierta.

Mi hermano, en una distracción de mi padre, se escapó.

Desapareció. Y entonces, de repente, el mundo era terrible y dramático. Preguntábamos angustiados a los que pasaban arriba y abajo si habían visto a un niño de tres años. Mi hermano era una criatura preciosa con ojos rasgados y negros como dos carbones mojados, y seguramente alguien, al verlo solo, se lo estaba llevando, y así, asustado, estaba cruzando una calle, y un coche lo estaba atropellando. Mi madre repetía: «¡Dios mío, Dios mío!».

Mi hermana y Carlitos se habían cogido de la mano y nos seguían a unos y a otros tratando de no perderse.

Mi padre y mi madre tiraron cada uno por un lado de la calle. Yo tenía que permanecer con los niños por si mi hermano regresaba al punto del que había partido. Esperábamos en la puerta de una tienda, donde se leía: «Fundada en 1890». Era un letrero de latón, hostil, ajeno a nuestra preocupación, como los edificios alineados enfrente y la gente que entraba y salía de los edificios. En medio estábamos nosotros con un nudo en el corazón.

Llevábamos media hora de pie y no nos atrevíamos a movernos. Un dependiente de la tienda del letrero de latón salió y nos preguntó qué nos ocurría. Se lo conté confiada en que de pronto el dependiente iba a saber dónde estaba mi hermano y lo solucionaría todo. El dependiente vestía mejor que mi padre cuando se arreglaba para asistir a una reunión muy importante de la empresa. No solía gustarme la gente demasiado trajeada porque parecía que había que hablarle de otra manera, con frases de periódico, sin liarse, o sea, gente a la que se le debía hablar si se tenía algo concreto que decir. Eso me parecía y, sin embargo, la indumentaria del dependiente nada tenía que ver con su rostro afable y su voz acostumbrada a dirigirse a los niños.

—¿Queréis esperar a vuestros papás dentro, sentados?

Primero pensé que podríamos sentarnos los tres, luego que si mis padres regresaban y no nos veían en cuanto echasen la vista encima de la puerta de la tienda, se asustarían. Podrían esperar los dos pequeños dentro, y yo fuera, pero para qué liar más las cosas, donde más seguros estaban era allí conmigo, de pie y apoyados en la pared.

—Gracias, creo que volverán enseguida —le contesté.

Y él lo corroboró:

—Por supuesto. Estoy seguro.

El dependiente se internó en el fondo que seguía al sonido de la campanilla.

Primero apareció mi padre sin mi hermano, con el rostro descompuesto y pálido. Y al rato, mi madre con mi hermano.

Mi hermano ya estaba con nosotros. Un sentimiento de vida amable y maravillosa mataba la sensación de un mundo oscuro y cruel, como esta había acabado, en la misma tarde, con la impresión de una existencia sin interés y anodina. Mis padres habían pasado por este proceso, y ahora regresaban al piso de Albert y Olga satisfechos porque al menos habían escapado al mundo oscuro y cruel. Y esta extraña felicidad de no estar siendo infelices nos volvió a los seis más ligeros, más espirituales, almas.

Era de noche. Nos abrió Albert. «¡Ya estamos aquí!», gritó Carlitos. Y luego corrió contento por el pasillo porque no se había perdido. «¡Me he librado!», le dijo entusiasmado a su padre. Albert lo alzó a la altura de los ojos y lo bamboleó en el aire: «Vamos, dime, ¿de qué te has librado?». Por la puerta abierta de la terraza entraba, en una brisa húmeda y algo fría, una multitud de luces rojas, verdes y azules.

Le contamos lo ocurrido. Con gran energía, paso por paso y exagerando. La respuesta de Albert no estuvo al mismo nivel, tenía el pensamiento en otra parte, aunque sus palabras y su afabilidad estuvieran con nosotros. Se dirigió a mi hermano y también lo aupó: «¡Bueno, ya está todo resuelto! Vamos a celebrarlo». Lo dejó en el suelo y abrió la nevera. Sacó con cuidado una bandeja llena de agua y la desocupó en el fregadero.

—Estamos sin bebidas —dijo—, pero esto tiene fácil solución.

Se puso la gorra blanca que usaba en la playa y salió de casa. Se oyó el ascensor y pensé en él dentro del ascensor con la gorra ocultándole la frente y sombreándole la mitad de la cara.

Regresó con varias botellas de vino espumoso y cocacolas.

—Vamos a cenar —dijo.

—¿Y Olga? —preguntó mi madre—. ¿No la esperamos?

—Que Olga venga cuando quiera —contestó Albert, alegre y a la vez con ese algo ausente que siempre hacía pensar que estaba en dos o tres sitios a la vez.

El hecho de no haber perdido a mi hermano esa misma tarde amortiguó en mis padres el efecto de la noticia de la separación de Albert y Olga. Albert habló de ello, necesitaba explayarse. Mis padres se mostraron ligeramente consternados, le preguntaban si lo habían pensado bien, insistían en que recapacitaran. Para ellos una separación era como un viaje al espacio, algo que jamás entraría en sus proyectos pasara lo que pasara.

Al menos en eso estaban de acuerdo, pensé mientras trataba de dormirme y de dominar la sensación de desorden que me rodeaba.

Salimos muy temprano a la mañana siguiente. Con los primeros gorriones y las primeras bocinas nos dirigimos a la estación en el Mercedes de Albert. El aire me despejaba, me tocaba el rostro y me decía algo al oído. Era como una persona. Subimos al tren con la hora justa y apenas nos dio tiempo de ver cómo Albert se iba empequeñeciendo en el andén.

En un instante ya estábamos en Valencia, ante la puerta del tercer piso de la calle Uruguay, rodeados de maletas y bolsos. Abrimos y del interior llegó olor a cerrado y el olor a nosotros mismos conservado en el olor a cerrado. Se subieron las persianas y se abrieron las ventanas y los grifos. Cada cosa estaba en su sitio. Todo me era familiar sin saber si me gustaba.

Hubo cinco minutos de incertidumbre, a los que siguieron cinco más de desánimo y a estos otros cinco de cansancio. El mundo siempre estaba en marcha y a veces uno se quedaba quieto y perdía su posición en este mundo en movimiento. Tras este periodo de perplejidad, comenzamos a actuar cada uno según sus intereses. Yo pasé a la casa de la vecina.

Como si fuera tiempo

La distribución de la casa de la vecina era exactamente igual a la nuestra, pero la decoración las separaba unos cincuenta años. En el piso de la vecina todos los muebles se apoyaban sobre patas semejantes a los tacones de los zapatos altos. Eran armarios, mesas y sillones claros y ligeros. Parecían dibujados en la pared.

Entre aquel mobiliario se paseaba la vecina en invierno con unas zapatillas de terciopelo bordado, que su marido le había traído de Roma, y en verano con unas zapatillas de tela de colores anudadas al tobillo por unas cintas, que su marido le había traído de Perú. Me gustaba que aquella casa, tan distinta a la mía, estuviera puerta con puerta.

Se llamaba Vicenta y era más joven que mi madre. Tenía los ojos del verde de una hoja caída y unas piernas bonitas, que quedaban muy bien con las zapatillas peruanas. Su hijo tenía la edad de mi hermana y se llamaba Rafael, como su padre, que viajaba constantemente, como el mío. Por eso, porque él siempre estaba de viaje, ella siempre estaba sola. Hacía poco que vivía en esta ciudad y en esta calle. Apenas tenía amistades. Con la persona con la que más se relacionaba era conmigo.

Me contaba cosas como que en su vida todo había sido bueno: los padres, los colegios, las casas y los pretendientes. De los pretendientes había elegido al mejor: Rafael, de ojos azules, más alto que ella, economista. Cuando se refería a él, siempre decía «Rafael era» y nunca «Rafael es», tal vez porque lo mejor de Rafael pertenecía al pasado. En los dos años que frecuenté a Vicenta lo vi un par de veces y las dos veces lo rehuí. Porque cogido del brazo de Vicenta, la de ojos verdes y piernas bonitas, o la de piernas bonitas y zapatillas raras, no solo veía a su marido, sino también su traje de franela gris con chaleco y su seriedad de ejecutivo de un gran banco.

Vicenta siempre tenía en la boca la palabra *Banco*. «El Banco ha enviado a Rafael a Venezuela», «El Banco nos paga unas vacaciones en Italia», «Los médicos del Banco me han detectado un tumor». El Banco lo hacía todo. Y justo, frente a la familia protegida por el Banco, estaba la mía sin organización y sin dios. La empresa de mi padre no tenía el carácter divino del Banco de Rafael. Todos la cuestionábamos. En realidad, nos pasábamos gran parte de la vida hablando mal de ella. Por eso «El hombre que fue a la cárcel» en el fondo nos resultaba simpático, porque no había demostrado ningún respeto por la Compañía y había tratado de «chotearse» de ella. «Quería chotearse», dijo ufano un alto ejecutivo de la Compañía, cuando le cayeron cinco años a «El hombre que fue a la cárcel». Y refiriéndose a aquel asunto mi padre se lamentaba así: «Me encuentro atado de pies y manos». Y lo mismo repitió refiriéndose al trabajo, al dinero y a la vida en general.

Desde una ventana del piso de Vicenta se veía un lucero lejano, intenso y solitario. Algunas noches pasaba un momento a verla. Le decía a mi madre: «Voy a la casa de enfrente». Y mi madre me respondía: «Dentro de media hora, aquí». En ocasiones mi llegada coincidía con una conferencia de su marido desde algún punto del extranjero. Vicenta hablaba con él sentada en un brazo del sillón, balanceando una zapatilla peruana. Tras ella había una ventana y, tras la ventana, el lucero brillaba como un diamante prendido en un vestido negro. Cuando de noche entraba en el salón de Vicenta, lo primero que veía era aquel punto luminoso que nos vigilaba.

«Estoy apoyada en el marco de madera de esta ventana y estoy dando vueltas por el universo negro», pensaba mientras Vicenta me decía: «Los médicos del Banco me han diagnosticado un tumor». Yo no tenía la edad suficiente para que se me hiciera una confidencia de este tipo, lo dijo mi madre indignada. Prácticamente se enfadó conmigo por haber oído aquello.

«Es un tumor maligno», había añadido Vicenta paseando de un lado a otro de la estrella lejana y solitaria.

No me atreví a preguntar si se iba a morir. Era tan perfecta. No es que hiciera nada importante, ni que me enseñara nada, pero cuando yo llamaba a «la casa de enfrente», ella abría la puerta y mágicamente «la casa de enfrente» estaba tan alejada de la mía como la luz blanca de la ventana. Nunca habría deseado parecerme a ella ni vivir en su casa y, sin embargo, me gustaba según era. Así, con sus bonitas piernas y sus bonitos ojos y su pelo castaño, que se enjuagaba con agua de romero, y su forma de hablarme como si ella tuviese diez años menos y yo diez años más.

Había pasado la media hora permitida por mi madre, y yo seguía de pie pensando que ahora un tumor maligno estaba en Vicenta como en el firmamento un punto de luz más llamativo que otros. Un tumor y una estrella estaban o no estaban, si estaban no se podían ignorar. Miré una vez más a Vicenta, ahora con ese algo maligno en su bonita persona y me di cuenta de que no me importaba lo que pudiese ocurrirle. Me importó un poco, después, cuando ya no estaba, y todavía más al cabo de los años, cuando sobrepasé la edad que ella había llegado a tener.

Le conté a mi madre parcialmente lo que sabía. Le informé de que la vecina tenía un tumor, pero no de que era maligno para que no me prohibiera totalmente verla. A mi madre no le agradaba la idea de que yo frecuentara una casa donde había un tumor, porque yo era una niña y ya tendría tiempo de ver tumores más adelante, pero mi madre era muy humana y un día pasó a ver a Vicenta para decirle que podía contar con ella en cualquier momento.

Regresó a casa con expresión de que el asunto era de extrema gravedad. «Va a ser un mal trago», fue su comentario, que completó un minuto más tarde con: «Pobre niño». Parecía que Vicenta se iba a morir, pero aún no se había muerto y por tanto todo aquello me sonaba exagerado. Además, confiaba en que el Banco acabaría curándola. «No cortes las visitas de repente, ve distanciándolas. Yo me ocuparé de ella», concluyó mi madre.

A veces mi madre era tremenda, no se daba cuenta de que hacía unas horas yo había visto a Vicenta desplazarse por su salón con la limpieza de una película, mientras esperaba la llamada de Rafael, y que ahora se me hacía pensar que de pronto estaba así como podrida.

Empezó a no atraerme «la casa de enfrente» Y empecé a alegrarme de que siempre estuviera cerrada. Empecé a olvidarla.

El niño Rafael pasaba a mi casa a jugar con mis hermanos, y luego venía a buscarlo una señora de sesenta años, con una enorme medalla de oro sobre el pecho, a la que Rafita llamaba yaya. Hasta que un día el niño dejó de venir y también la señora de la medalla, y mi madre le dijo a mi padre que se la habían llevado, se refería a Vicenta.

Y otro día le dijo: «He llamado y me han dicho que está peor. —Movió negativamente la cabeza—. Peor». Mi padre hizo un gesto medio de desagrado, medio de dolor, como si se hubiera pillado los dedos con una puerta. No quería saber más. Por último, varios meses más tarde, oí decir: «Es lamentable. Pero ha sido lo mejor. Todos sufrían». Me dirigí a la ventana y observé el día, es decir, el cielo, el viento, el color. No era ni radiante ni desagradable. Se estaba bien. Un día del montón para sensaciones del montón: tan pronto estaba ligeramente soleado como ligeramente nublado, una leve brisa invitaba a dar un largo paseo, no parecía que pudiese suceder nada malo. Y sin embargo, había ocurrido algo terrible como si no pasara nada. Debería haber llovido torrencialmente sobre las ventanas de Vicenta. Tendría que haber habido una señal de que algo se rompía.

Al año siguiente, Rafael se casó de nuevo. Trajo al piso a una mujer rubia de ojos y cejas negros. Una mujer demasiado morena para ir de tan rubia. Demasiado ruidosa para ocupar el silencioso y discreto lugar de Vicenta.

La sustitución me pareció un insulto. Y más aún cruzarme por la escalera con un Rafael que silbaba alegremente, al estilo del dueño del taller de cerámica. Lo comenté con mi padre, y mi padre me dijo que los hombres que silban son bobos, olvidadizos y que en el fondo les da todo igual.

Una noche pasé por su puerta. Estaba abierta, y miré con curiosidad al interior. Del interior en penumbra surgió un aroma azucarado y un brazo blanco y carnoso, con luz propia.

—Hola, ¿no quieres entrar? —me susurró esta voz que solo había oído al pasar junto a los dormitorios.

—Sí —le contesté—. Me gustaría mirar por la ventana.

Encendió la luz, y a la voz se unió su pelo revuelto y amontonado en la cabeza, como una brazada de paja, y una bata de andar por casa tapándole la tercera parte del cuerpo. Trataba continuamente de recogerse la carne blanca y redonda en la tela de flores, pero la tela huía de sus pechos y sus muslos hacia la espalda. De aquel desorden de cinturón, bragas, sostén y tela fina y escurridiza, que no tapaba, escapaba calor. El calor se expandía por el salón hasta marearme, ella misma parecía adormilada por su propio calor. Se tumbó en el sofá y encendió un cigarrillo.

—¡Ah! —exclamó—. No se puede dormir en esta casa. No corre un soplo de aire.

Circulaban rumores por el vecindario sobre el hecho de que por la noche dejase abierta la puerta de la calle.

Cuando Rafael regresaba de viaje no tenía más que pasar, y como Rafael, habría podido pasar cualquiera.

Lo pensó Rafael y lo pensaba todo el mundo. Mi madre comentó preocupada: «A esa mujer puede ocurrirle cualquier cosa». En tanto que él armó algún pequeño escándalo para que ella cambiase de actitud. Pero ella estaba acostumbrada a no tener miedo y a tenderse en un sofá, velada por el humo de un cigarrillo, y quejarse del calor en medio de umbrales que se podían traspasar con solo desearlo.

A menudo frecuentaba el bar de la esquina. Se sentaba en una mesa, colocaba el bolso en un lateral, cruzaba las piernas y se disponía a dejarse mirar. A veces se levantaba y muy despacio se dirigía a una antigua máquina de discos. Entonces apoyaba la mano que sostenía el cigarrillo en una de sus esquinas y elegía un disco, contando para ello con todo el tiempo presente y todo el tiempo futuro. Nunca tenía prisa. Al fin dejaba caer una moneda, que rodaba por gargantas de metal hasta poner en movimiento aquel tinglado mecánico.

Solía permanecer de pie observando esta operación e incluso escuchando la canción. Le gustaban las baladas con mucha letra y con mucho amor. Con algunos parroquianos se cruzaba bromas y frases que querían decir algo más de lo que decían, y con uno de ellos, moreno, delgado, taciturno y casi siempre solo, bailaba en un rincón de la barra. Mientras esto sucedía abajo, arriba, en su piso, sonaba el teléfono sin parar.

Tal vida no era la más apropiada para el niño, y por eso fue enviado a un internado. Dijeron: «Está interno», y yo di gracias de inmediato por no ser Rafita y no tener que estar «interna», o sea, «dentro», «metida».

Rafael se había convertido en un desesperado. Regresaba a su casa sin avisar, a deshoras, con un eterno susto en los ojos y cierta ira en su vestimenta bastante desaliñada, y se topaba con la puerta abierta de par en par o con ella en el bar de la esquina, bailando con el moreno taciturno.

Rafael cerraba la puerta de una patada. Tras la patada venían los gritos. Gritos confusos que podrían ser reproches, preguntas y aclaraciones. O nada de esto, solo gritos. Cuando él se marchaba, ella volvía a las andadas.

Y era molesto para todos los vecinos porque a todos los vecinos les tentaba la idea de entrar al pasar junto a la puerta abierta o entreabierta. Se hacía llamar Doris.

Doris no sintió la necesidad de cambiar ningún elemento de la casa. No añadió ni suprimió nada, ni siquiera los retratos de Vicenta. La cuestión era tener un sitio donde hacer lo que siempre haría. Y nada más. Un sitio con algo de música, algo de gente, algo de luz artificial que le arrancase a Doris más brillo, que la hiciera visible, más presente. Un sitio donde Doris pudiese quemar su tiempo a la vista de alguien. Esto era todo lo que buscaba: vivir y que alguien lo viera. Debía de saber que siempre se malgasta el tiempo, que siempre podrías haber hecho otra cosa y que siempre el tiempo desaparece.

Rafael pasó por Doris y Vicenta como si fuera tiempo. Pasó por la casa de la calle Uruguay y por los países extranjeros adonde el Banco le mandaba. La última vez que pasó ante mí estaba más cargado de hombros, tenía papada y su pelo de joven rubio, que Vicenta había contado que «era», se iba dispersando y encaneciendo.

En él percibí, como en nadie más, que los días se habían sucedido de forma inexorable a partir del momento en que mis hermanos, mi madre y yo nos sentamos en la greca del suelo junto a la pared del salón de esta casa, y así, sentados, nos comimos unos bocadillos cuyo sabor nunca ha desaparecido, continúa como un fósil en una roca. Y que hoy me hace recordar ese instante en que vi a Rafael como la misma imagen del tiempo introduciendo la llave en la cerradura de la puerta.

El tiempo no siente, ni Rafael tampoco. Había perdido la curiosidad, el miedo e incluso las ganas de silbar, solo parecían quedar en él los días transcurridos. Todo lo sucedido se encerraba en una caja en cuyo interior había otra caja, que era el día anterior, y así sucesivamente hasta formar un laberinto, que Rafael recorría pasando ante Vicenta, el Banco, su hijo, Doris y yo, probablemente ante mucha más gente que yo no conocía. Giró la llave en la cerradura, abrió la puerta y arrojó adentro la cartera.

No la colocó, la tiró como si lo que quedaba por suceder en la vida no mereciese miramientos.

Doris me dijo que podía mirar por la ventana todo el tiempo que quisiera. No se le ocurrió preguntarme por qué, todo lo encontraba natural. Antes de hacerlo, paseé la vista por el salón, los muebles, las plantas de interior y eché de menos a Vicenta. A Vicenta entre sus cosas, algunas hechas por ella misma. Ahora Vicenta pertenecía al laberinto. Se había detenido en un punto mientras los demás continuábamos pasando.

Doris se tumbó en el sofá y se puso un cojín entre las piernas. Cuando el calor de las piernas pasó al cojín, lo arrojó a la alfombra y se colocó otro. Se quejó:

—Parece que en esta casa hay fiebre.

Pensé que tal vez aquella fiebre la había dejado Vicenta, que Doris podía tener la fiebre de Vicenta como yo tenía el pañuelo rojo de una desconocida.

Tuve la extraña sensación de que me encontraba en el centro del laberinto de cajas, de que si me esforzaba un poco podría apreciar su profundidad. La geometría de las cajas creaba una profundidad negra, que escapaba por la ventana y era succionada por aquel pequeño ojo de luz del firmamento. Vicenta ya no estaba aquí porque estaría dando vueltas por la profundidad tenebrosa, que yo no quería ver. No quería pensar más en ella, solo deseaba reunir la suficiente energía para atravesar las cajas, que en realidad eran una habitación, y salir de allí. Doris, hundida en su fiebre, no debía de saber que estaba metida en el tiempo. La envidié y la compadecí porque era terrible saber y también no saber.

Doris estaba tendida en el sofá de Vicenta, en el sofá que Rafael había comprado para Vicenta cuando Rafael «era». Yo estaba en la puerta, y la estrella brillaba más lejana que nunca, más pálida, como si se fuera retirando hacia otro universo.

El gran dinero

Apenas habían transcurrido tres meses desde las vacaciones, cuando Olga se presentó en nuestra casa con el niño, con una maleta y sin dinero. Olga tenía el pelo algo revuelto y Carlitos los calcetines caídos y el jersey subido como si hubieran sido transportados por un vendaval desde Barcelona.

Albert se había dedicado, durante el verano, a hacer un par de operaciones desastrosas en la bolsa. Estas dos se sumaban a otras también desafortunadas, pero eran estas dos las que Olga ignoraba. Albert se las había ocultado.

Albert era un cantamañanas, un fantasioso, un idiota. Albert le había propuesto vender el piso de la Gran Vía para pagar las deudas, y ella se había negado en redondo, no quería ni oír hablar del asunto. Que vendiese él, pero, ¡ah!, él disponía de muy poco que vender. El problema era el niño. Carlitos volvía la cabeza a unos y a otros. Se hablaba de él. Él era el problema. Antes de saber cruzar solo las calles, encender una cerilla, y antes de saber leer y escribir, ya sabía que era un problema.

Nos miraba sin preguntar. Intuía que no debía preguntar lo que aún no podría entender. Olga había pedido la separación, y Albert no quería concedérsela. Se hizo un silencio que reprodujo para mis padres y para mí la imagen de Albert con la gorra blanca abriendo una botella de vino en una noche de finales de verano y diciendo que él y Olga iban a separarse porque su vida en común era un infierno. El mismo que había dicho aquello ahora hacía esto. Iba a tener razón Olga. Iba a tener razón. Albert era un botarate.

Albert tenía la manía de la «pasta fácil», de esa pasta que misteriosamente aparece y va tomando forma hablando por ahí con unos y con otros. Él pensaba que trabajando simplemente podía sacarse calderilla, en tanto que en las comidas y las copas, hablando y hablando, sin dar golpe, se hacían auténticas fortunas. Olga sabía a lo que se refería Albert. Él no había llegado a conocerla cuando era relaciones públicas del consulado turco y llevaba los negocios de Ahmet Kemal y se pasaba los días en las navieras negociando, comiendo aquí y allá, recibiendo regalos, admiración, invitaciones, cuando se pasaba el día haciendo pasta sin parar. Ella sabía de qué hablaba Albert, él no lo sabía ni podía saberlo. «O sea —decía Olga—, yo he pisado la luna y él cree que la pisa. Le digo: lo que uno imagina no es verdad aunque parezca verdadero.»

Con solo desearlo, no podía alcanzar la luna, eso era evidente. La luna de Albert era el gran negocio, y pensó que un modo de estar allí, en el gran dinero, era a través del aspecto. La forma, parecía pensar, irremediablemente une.

Albert se montó una etérea empresa inmobiliaria de compraventa y alquiler de casas, invirtió sus ahorros y los de Olga en acciones, se hizo con la mejor ropa cara y consiguió echarse un socio de aspecto impecable y de grandes ideas. «Se le subió a la cabeza —añadió Olga— y a los dos días creyó que ya estaba dentro, que pertenecía al conjunto, que era otro más enredando y haciendo pasta, y que así lo había aceptado el mundo entero. Se compró el Mercedes y se lanzó a una vida de negocios donde todo era diversión.»

Albert ya había vendido el Mercedes. Albert era un atolondrado.

—¿Por qué no quiere separarse? —preguntó mi madre, interesada.

—Dice que por el niño. No quiere separarse de él.

Claro, era comprensible. Albert no era por tanto tan contradictorio e inmaduro. Uno podía estar seguro de la necesidad de una separación y al mismo tiempo podía estar seguro de no querer perder a su hijo.

—¿No podéis llegar a un arreglo? —insistió mi madre.

—No —respondió con rotundidad Olga.

Procedía una nueva pregunta: «¿Por qué no?». La hizo mi madre. Mi padre estaba de viaje.

Carlitos fue instalado en el cuarto de mi hermano.

Jugaba como un niño y observaba como un hombre. Era capaz, mientras corría con el rifle de plástico en torno a la mesa, de aconsejar a Olga: «Mamá, no pierdas los nervios». Y Olga le contestaba: «No, hijo». Y los demás mirábamos a Carlitos sin saber si compadecerle o no. Siempre había oído decir que en el fondo a Olga le gustaba perder a ratos los nervios para después recuperarlos y que controlaba perfectamente el proceso. No había, por tanto, que hacerle caso. Carlitos le hacía caso, se preocupaba por ella, y este trabajo era lamentable para una criatura de su edad. Sin embargo, en su mirada, cuando pedía «Mamá, no pierdas los nervios», asomaba un conocimiento que se nos escapaba. Quizá necesitaba que alguien la sujetara y él, tan pequeño, lo sabía.

—Nos repartiremos los clientes, traspasaremos la oficina. Quiero salvar una parte del negocio. De momento, necesito algo de dinero.

Cualquier cosa en la vida acababa relacionada con el dinero. Por una parte, era mucho menos importante que la nobleza, el amor y la amistad; por otra, facilitaba mucho el ser noble o amante o amigo. En mi casa se cuidaba el dinero. Se miraban las monedas y los billetes con cierto reconocimiento, como si cada uno de ellos fuera único, de modo que si veía tres monedas apiladas en la mesa me agradaba verlas y pensaba una, dos y tres, varias veces. Los ingresos de mi padre se limitaban a ser fijos y a sobrepasar en algo «lo necesario», así que mi forma de vida estaba estrechamente unida al poco dinero. Continuamente aprendía que ni eso ni aquello eran para mí. Las pastelerías caras, por ejemplo, tenía que pasar de largo ante ellas y pensar «pastelería de lujo», así las borraba de mi mente, de donde estaba erradicado el lujo en cualquiera de sus manifestaciones. No le sucedía igual a mi hermana, que nunca comprendió cuál era su sitio.

Era rebelde hasta irritarle a uno. Uno tenía que reprimirse para no abofetearla y gritarle: «¡Conténtate!».

Creía que tenía derecho a todo, es más, sentía una clara inclinación por lo que no podía tener. Su mirada, sólida como la piedra y transparente como el agua, pasaba por el lujo como si fuera suyo. Era admirable. Nunca se ha resignado a nada. Acaso por eso Albert se dedicó a hablar conmigo en lugar de con ella, porque yo lo necesitaba más.

Albert vendría pronto a visitarnos y no tendríamos que hacerle mucho caso. Tampoco debíamos decirle que le habíamos prestado dinero a Olga. Albert iba a hacer todo lo posible por quedarse con Carlitos. Albert nunca había sabido dónde tenía la mano derecha.

—Solo sabe enredar —concluyó Olga, apoyada en la ventanilla del tren.

Apoyaba los codos de un traje sastre de rayas grises, que frenaba el rojo de los labios, la oscuridad de los ojos, su pelo misterioso. El pelo misterioso y los labios rojos se conmovieron al sonar el silbato de salida. Quería decirnos aún más cosas. No quería dejar de vernos. Nos quería muchísimo. Nos adoraba. Carlitos a su lado, de rodillas en el asiento del departamento, con sus ojos grandes y grises pegados al cristal de la ventanilla, dijo algo. Del movimiento de sus labios pareció salir: «No pierdas los nervios». Y ella pareció obedecerle: colocó el abrigo de paño granate y la maleta marrón en el estante suspendido sobre sus cabezas y luego ambos se sentaron en la tapicería rozada y apoyaron las cabezas en unos paños de tela blanca con el anagrama bordado de Red Nacional de los Ferrocarriles Españoles.

Un ritmo de corazón mecánico los fue distanciando de nosotros hasta que se alejaron definitivamente.

Ya se habían ido.

Un día, al regresar del colegio, me encontraba a Olga y otro día me encontraba a Albert. Desvalidos, queriendo agradar, teniendo cada uno de ellos razón, quejándose del comportamiento del otro, pidiendo consejo, ayuda.

Él ya no tenía hijo y no tenía trabajo, no tenía dinero.

Su socio estaba quemando la parte que les quedaba. Ahora se había dado cuenta de que su socio no estaba bien de la cabeza.

—¡Es increíble! Hasta ahora no me he dado cuenta de que es un loco. Un loco de esos que disimulan todo el tiempo, y que a veces parece un genio. La parte del negocio que se llevó Olga está limpia.

—Entonces, estás... —Mi padre se detuvo. Mi madre y yo bajamos la vista. La frase completa habría sido: Entonces, estás sin nada.

Albert se removió dentro de la chaqueta. Para visitarnos se vestía como si nuestra casa fuese un ministerio y mi padre el ministro y el resto de la familia funcionarios que andábamos por allí. Llegaba con la esperanza de que íbamos a solucionarle la vida, de que iba a salir por la puerta con la custodia de su hijo, con trabajo y con dinero.

Yo deseaba rabiosamente ser millonaria para darle unos cuantos millones a Albert.

El origen de todos sus males estaba en su socio. «Hasta ahora no me había dado cuenta —repetía— porque habla extraordinariamente. Nunca con pensamientos vulgares ni con palabras vulgares. Tiene clase. Cuando lo oyes, piensas: Nunca se me hubiera ocurrido. Y lo que dice lo dice con un aplomo y una seguridad que te llegan a los huesos.»

Mi padre asintió. Había conocido a este socio y sobre todo lo había escuchado: «Es un tipo que te puede arruinar en un minuto porque te convence, y te convence de verdad, de que te puede enriquecer».

—¿Es un loco o un sinvergüenza? —preguntó mi madre.

—Ambas cosas —contestó mi padre.

—¡Un loco, solo un loco! —añadió Albert, que no quería admitir que le había engañado.

Mi padre apoyó los juicios de Albert sobre su mala suerte y sobre su socio, ¿y qué más podía hacer? Le preguntó si necesitaba dinero. Y Albert contestó afirmativamente, pero que la cantidad que necesitaba no la habíamos visto nosotros ni en pintura.

Salió de nuestra casa como había entrado. Con las manos en los bolsillos y una gran sonrisa desolada. Su gran sonrisa desolada se repetía en su gran frente despejada y en las entradas de esa frente, que penetraban por el pelo como una hoz por un campo de hierba. Nosotros lo veíamos partir impotentes. Abría la puerta, bajaba por la escalera, desaparecía por ella y luego aparecía en los rellanos, el sonido de sus pasos descendía y descendía, hasta que dejaba de verse y de oírse.

Le habíamos decepcionado y ya nunca iba a regresar.

Eso me decía su forma de marcharse. Y la sensación era tan fuerte que no me dejaba dormir. Únicamente podía pensar en la espalda de su traje azul marino bajando.

Pero al cabo de un tiempo volvía. Así aprendí a desconfiar de mis apreciaciones aunque fuesen intensas y me quitasen el sueño. Una situación podía ser trágica e irreversible y podía no serlo al mismo tiempo. Cuando Albert se alejaba por la larga calle y su traje se mezclaba con otros trajes y sus problemas con los problemas de los demás, mi miedo creaba una situación irreversible: «Ya no lo veré más». Sin embargo, una situación tiene tantas interpretaciones como gente haya metida en el asunto, y Albert regresaba de nuevo con una caja de bombones y se sentaba en nuestro tresillo y nosotros, que no podíamos darle nada, le dábamos algo que solo él sabía qué era.

Únicamente su muerte no pudo repetirse. Sucedió un año después de esta visita. Esta fue la última de verdad. Ya no volvió, aunque no por los motivos que solían preocuparme, que no eran ni más ni menos que nosotros no solucionándole nada y dejándole de interesar.

Albert había dicho en esta última ocasión, refiriéndose a su socio, a su separación, a sus erróneas inversiones en bolsa, a su mala suerte: «Uno nunca sabe por dónde le van a venir los tiros». Creo, ahora, que por eso uno se equivoca, se arruina y un día se muere, como Albert.

Madrid

Nos trasladamos a Madrid un año después de la muerte de Albert. Ahí acabó uno de los calvarios de mi madre: el de los traslados. Acabó relativamente porque en Madrid vivimos en tres casas diferentes. Tres colegios diferentes, amigos diferentes, paredes diferentes. Mientras otros echaban raíces, nosotros constantemente las perdíamos y teníamos que olvidarlas.

Mi pasado no es continuo, está hecho de pedazos: en uno estoy en la casa de La Cruz. En otro estoy en el consulado. En varios trozos hay mar en lugares diferentes, unas veces es verano y nos bañamos, yo soy muy delgada en la playa y casi siempre tengo frío, busco el sol; mi hermana también es muy delgada; mi hermano menos. Van de un lado a otro con un cubo y una pala en la mano. Otras veces es invierno, y aun en el centro de la ciudad tengo el pelo rizado por la humedad. En unos, mis hermanos son muy pequeños y en otros ya han crecido lo suficiente como para charlar entre nosotros.

Mi madre sueña con Madrid porque allí pasó su juventud, su tiempo alegre. Era soltera y guapa y en primavera cruzaba la plaza de Cibeles entre un remolino de palomas. Tenía el pelo castaño y ondulado hasta los hombros, con la raya a un lado, y buscaba cualquier excusa para reír y pasarlo bien.

Cuando mis padres deciden comprar una casa lo hacen en Madrid, y unos amigos les informan con puntualidad de cómo van las obras. Hay metro cerca, hay supermercados, la calle es céntrica. Hay bastante tráfico, pero hay un puente elevado que descongestiona bastante.

Frente a nuestro futuro piso hay un paseo con bancos de piedra que divide la calle en dos direcciones. Nuestro piso es un octavo. Una parte de él da al exterior y otra a un patio interior, donde podremos jugar los niños.

El puente lleno de coches se convierte para mí en una fuente de agitación. Siento que ya estoy en el octavo piso, que desde la ventana de mi habitación, excavada en una pared alta y lisa, oigo los coches acercarse y alejarse en la calle regada. He oído tanto hablar de Madrid que me palpita el corazón cuando pienso que de pronto vamos a ir allí y nos vamos a quedar.

Que vamos a dejar para siempre Valencia y el tercer piso de la calle Uruguay como ya hemos abandonado otros lugares.

Por alguna extraña razón nunca regresamos a visitarlos.

Mi madre no añora lo que va dejando atrás porque su meta es Madrid y su juventud. Mi padre concentra sus pensamientos en el mañana. No hay, por tanto, tiempo de volver. La razón no es pues tan extraña. Y yo tomo la decisión de no familiarizarme ni con los sitios, ni con la gente, ni con las cosas. Pero no es tan fácil no encariñarse, es imposible.

El taxi se lanza por una calle con olor de ciudad, árboles de ciudad y pájaros de ciudad. Es un día de calor. Es una ciudad grande. Aquí todo el mundo sabe lo que tiene que hacer, unos van para la izquierda y otros para la derecha sin titubear. Me intimida estar en la juventud de mi madre.

Bajamos del taxi, y el taxi reluce como un zapato de charol. Los edificios son altos, y el cielo también está alto, como empujado por los edificios.

Hemos venido a ver cómo marchan las obras. Van despacio. Nos desesperamos porque a mi padre ya le han concedido el traslado. Habrá que alquilar otro piso hasta que terminen. Otra preocupación más: buscar un piso en Madrid sin estar en Madrid. Nos sentamos en la terraza de una cafetería. Estamos en mayo y el pelo de mi hermana concentra todo el cobre que hay por allí: el de las monedas, el de las placas de las tiendas y el de los cables que cruzan la ciudad. Sus ojos son ahora espejos. Me veo reflejada en ellos entre mis padres, y mis padres y yo entre gente que no tiene nada que hacer esa tarde.

Cuando nos marchamos, un cielo rosáceo planea sobre la terraza y se cuela entre los edificios. Unos días más tarde, pienso en esa ciudad, en su color al atardecer y en las veces que lloraré allí.

Las oficinas de mi padre están situadas en una avenida. Le pide al taxista que pase por ellas, y el taxista pasa despacio. «Es un edificio del siglo pasado», dice mi padre, y está sombreado por las copas de esos árboles que hay por todas partes. Hace poco que han florecido y el follaje es claro. En la fachada hay ventanas enrejadas.

Ahí trabajará mi padre.

No es nuevo para mí lo que sucede esta mañana.

Desde una calle ascendemos a otra calle por unas escalinatas bordeadas por una barandilla negra de hierro. La barandilla está fría. Llevo puesto un chaquetón de cuadros. Es un día claro. Ha habido cientos de días claros en mi vida, pero es este el que me hace recordar el portal número quince, el chaquetón de cuadros, que antes fue un abrigo, la pila de la cocina, grande como la de un matadero, la mirada de mi madre, que veía al igual que yo por primera vez las paredes peladas de aquellas habitaciones.

Nos asomamos a la terraza y comentamos lo amplia que es, mientras que querríamos haber dicho: «Habrá que acostumbrarse». Lo imprescindible está cerca: las tiendas y el colegio. Algo más alejado, el cine. Cuando me meto en el cine cuatro horas seguidas, me siento bien.

Mi madre suspiró apoyada en la terraza, contemplando lo que nos rodeaba: más casas como la nuestra, casas de un barrio nuevo a las afueras de Madrid. Todas las calles tenían nombres de pintores. Había mucho espacio para jugar y para aparcar, había gente como nosotros, algún perro con collar, árboles que algún día serían enormes. Pero, sobre todo, había una ferretería. En realidad, desde la terraza no estábamos contemplando, estábamos buscando algo a lo que habituarnos con urgencia y elegimos la ferretería. Estaba situada frente a nuestro número quince y tenía un letrero en que se leía «Aladino». A principios de verano, el propietario, que se llamaba como la tienda, echó un toldo verde en que se seguía leyendo, en grandes letras blancas, el mismo nombre.

Crucé la calle con el chaquetón de cuadros y compré bombillas para todos los techos. De paso, me llené la vista de las muchas cosas que Aladino tenía, y le conté que éramos nuevos y que vivíamos en el quince. Y me embalé. Le conté todo lo demás: quién era mi padre, dónde trabajaba. Mi padre viajaba sin cesar. Yo era la mayor de tres hermanos. Mi madre tenía cuarenta años.

Este piso era de alquiler y era necesario pintarlo completamente.

Lo dejaríamos pronto, en cuanto se terminase de construir el que mis padres habían comprado en el centro.

Mis hermanos y yo empezaríamos a ir al colegio a la semana siguiente. Sin nosotros dentro, sería más fácil hacer arreglos. Yo casi siempre me encargaba de las compras pequeñas, de lo que se le olvidaba a mi madre. Mi madre seguramente necesitaría a una persona que se ocupara de nosotros cuando ella no estuviese en casa.

Aladino me dijo que él podía poner un anuncio en la tienda. Y yo salí de allí con una bolsa repleta de bombillas y la cabeza vacía. Cuando hablaba tanto parecía que me quedaba sin nada.

A la semana de habernos instalado en aquel barrio a las afueras de Madrid, el portal número quince se había convertido para mí en el centro del universo. Allí era donde yo dejaba los libros al volver del colegio, donde comía, dormía y donde estaban mis padres y mis hermanos.

Entraba y salía del quince varias veces al día. Jugaba al lado del quince. Mi vida giraba en torno al quince y en torno a lo que hubiera alrededor del quince. Al tiempo que sabía que el quince era provisional en mi vida, también sabía que no tenía otro lugar donde hacer amigos y donde estrenar un vestido.

Mi madre vivía allí como si no viviera en ninguna parte. Parecía dispuesta a no ver nada hasta llegar al sitio verdadero. No lo decía, pero se le notaba que no le gustaban los nombres de pintores de las calles, ni los bloques, ni los árboles, que algún día serían enormes. Mi caso era diferente, cuando se está creciendo no se puede esperar, todos los sitios son verdaderos, van cambiando de tamaño y después ya nunca se puede regresar a ellos.

En el quince, en la puerta de nuestro piso, dos hombres con traje cogieron a un chico con un polo amarillo de manga corta y con el pelo rapado al cero. Yo subía por la escalera y vi al chico sudando. Sus ojos abiertos estaban atrapados por los ojos de los dos hombres de traje. Lo empujaron contra la pared. Cayó en el suelo. Lo levantaron las manos de los hombres de traje. Bajo los trajes, llevaban camisas blancas y corbatas de rayas. No era época de ir en manga corta y casi parecía natural que los de traje pegaran al del polo amarillo de manga corta y pelo rapado. Pero resultaba raro porque lo que sonaba era el golpe pesado de un cuerpo y no el golpe soñado que producen las manzanas al caer en la terraza de casa de mi abuela en La Cruz. Lo que se golpeaba y se zarandeaba tenía ojos, ojos asustados con un cerco de sudor o de lágrimas bajo las pestañas.

—¿Qué estás haciendo aquí? —le preguntaron los de traje.

—He venido a visitar a mi tío.

—¿Dónde vive tu tío?

Yo continuaba en la escalera. Ninguno pareció reparar en mí. La cabeza rapada del chico no tenía escapatoria.

Estaba destinada a una cantera, una cárcel o un psiquiátrico.

Las otras dos cabezas eran normales. Como las de cualquier vecino. Una de ellas me miró. También me miró el chico, pero no me vio, estaba perdido en su mundo de manga corta en invierno y cabeza sospechosa. El que me miraba, al tiempo que me miraba, le palpó al chico los bolsillos y sacó una navaja automática. La pulsó y la hoja salió brillante de la empuñadura. Dijo: «¡Vaya con el sobrino. Vienes bien acompañado a ver a la familia!». Luego se guardó la navaja en el bolsillo y quedó al descubierto la culata de un revólver bajo la chaqueta. Le preguntaron:

—¿Dónde vive tu tío?

Y el chico señaló con la cabeza rapada mi puerta.

—Niña —me dijo uno de los policías—, ¿sabes quién vive aquí?

—Aquí vivo yo —dije.

Nos separaban varios escalones. Entre los policías y el chico la separación abarcaba toda la historia y toda la prehistoria. Uno de los policías señaló al chico con la frente, los ojos los dirigía hacia mí:

—¿Lo conoces?

Dije «no» con la vista baja y con cierto remordimiento.

Era muy duro soltarle a alguien en su cara que no era nada tuyo, que no significaba nada para ti y que desde luego tu padre nunca iba a ser su tío, que nunca iba a estar al otro lado de la puerta que él, los policías y yo estábamos mirando. Dije sencillamente «no». Y uno de los policías también dijo algo: «Venga, ya está bien». Le unió las manos y le puso unas esposas. Las uñas de aquellas manos habían sido devoradas por varias bocas. Los dedos estaban manchados de nicotina. Donde quisiera que hubiese estado hasta entonces había estado fumando sin parar. Le indicaron, con un empujón en el hombro, que debía bajar. A su espalda quedaba el hogar que yo le había negado. Por un instante imaginado él y yo habíamos sido familia. Uno de los policías miró el reloj y dijo: «Este capullo nos ha hecho perder la mañana». La mano del policía era más grande que la de mi padre, muy ancha y muy fuerte, de venas azules a punto de reventar. Y era aquella mano la que debía de haber colocado el delicado pasador de su corbata de rayas, que tenía un color como de platino y unas lucecitas como de brillantes. Según bajaban, el otro policía dijo:

—Este barrio se va a revalorizar.

—Aire puro para los chavales —agregó el otro— y espacio para jugar. —Y alzó la cabeza, la volvió y me miró a mí, que estaba de pie en el descansillo, demasiado delgada y con aspecto de no haber respirado demasiado aire puro.

No tuve valor para contarle a mi madre lo que había ocurrido. Habría sido terrible para ella saber que, en la misma puerta del piso que trataba de adecentar, un «capullo» había intentado hacerse pasar por alguien de nuestra familia. Lo visto por mí era algo sorprendente y a la vez sencillo. Ahora bien, decir: policías, pistolas, navaja y uñas mordidas hasta los nudillos, en relación con nuestra puerta, con mi padre y conmigo podría sumir a mi madre en la situación de mujer sola con tres hijos acosada por un navajero, que había intentado entrar en su piso y que habría podido atacar a su hija mayor, obligarla a llamar al timbre. Les habría robado todo. Les habría dado un susto de muerte. ¿Y si hubiese habido un tiroteo?

Aquel barrio habría sido peligroso. El quince habría sido muy inseguro. Yo no habría podido bajar a jugar por los alrededores. Mis hermanos habrían sido demasiado pequeños para vivir en un lugar así. Y cuando mi padre hubiese regresado de viaje, mi madre le habría contado lo que yo le había contado. Y él habría sabido que cuando se marchaba nos dejaba indefensos en aquellos espacios amplios en que todo estaba creciendo: los árboles, los niños, los bloques. Los cuerpos se estiraban, cambiaban. Nada era fijo. En los locales comerciales se instalaban negocios. Los negocios quebraban y se traspasaban. Se probaba con otro negocio. «Hay que esperar», decía Aladino. «¿A qué hay que esperar, Aladino?», le preguntaba yo. «A que el barrio se haga», contestaba él.

—Aladino dice que hay que esperar a que el barrio se haga —le comuniqué a mi madre.

Y mi madre me miró horrorizada, aplastada por todo aquel enorme barrio por hacerse.

—Nosotros estamos de paso. —Me miró fijamente—. No tenemos nada que ver con este sitio.

Estaba equivocada. Aquel lugar, a medio camino en su desarrollo como yo a medio camino en el mío, quedó en mi vida, y en ella está con su aire, su sol y sus chicos de trece años, uno de los cuales me dijo una vez que entonces no le gustaba nada, pero que estaba seguro de que cuando yo creciera sí le iba a gustar. Siguiendo mi costumbre, no le pregunté.

En lugar de entrar en casa, crucé la plaza, entre los árboles pelados y los bancos de piedra, hacia la ferretería. Le conté a Aladino lo sucedido con los policías y el chico de cabeza rapada. Me dijo que él mismo lo había visto entrar en mi portal y que luego habían llegado los dos policías preguntando, y él, afortunadamente, les había podido indicar dónde estaba. «Se ha metido en el quince», les dijo, y entonces ellos, sin correr, pero tampoco dándose un paseo, habían cruzado la plaza derechos hacia el quince, separados, trazando una cuña por si intentaba escapar. Uno había dicho: «Se ha metido en una ratonera». Después Aladino me vio entrar a mí y se echó las manos a la cabeza. Informó a la clientela de lo que estaba pasando, y todos respiraron cuando vieron salir, entre los dos trajes, el polo amarillo de manga corta.

¿Qué había dicho mi madre? Vaya susto debía de haberse llevado. Dije que ella aún no lo sabía.

Continuó sin saberlo durante todo el día, e hicimos la vida normal de aquel primer mes de adaptación. Fue al día siguiente cuando se enteró. Hubo cólera, impotencia y finalmente tristeza. El mucho tiempo barre, pero el poco tiempo amontona. Y al día siguiente, ya no se trataba solo de lo que yo había visto, con toda su carga de golpes, empujones y esposas, sino que también estaba lo visto por Aladino y lo que Aladino pensó que me podría estar ocurriendo allí dentro. También estaba mi comportamiento: el que yo no le hubiese contado nada a mi madre.

Esto era lo peor. ¿Querría decir que mi carácter estaba cambiando, que me estaba enrareciendo? Su mundo se vino abajo: yo crecía, mi padre nunca estaba con nosotros, mis hermanos eran pequeños, ella conocía a muy poca gente en Madrid.

Yo no encontraba la forma de hacer las cosas bien, ni de que la vida fuera mejor. La realidad siempre era un hueso pelado por otro. Y por mucho que la rodeara de ilusiones no dejaba de ser un hueso pelado.

Vivimos en esta casa más tiempo del esperado. Aquí recibimos la noticia de la muerte de mi abuela materna. Las personas queridas y también las no queridas dejaban de existir mientras mi padre continuaba viajando, mis hermanos y yo seguíamos creciendo, a las acacias de la plaza se les caían las hojas y en primavera retoñaban. Cada uno de estos acontecimientos pasaba por la espera de mi madre. Y cuando más adelante empezó a lamentarse con su «Si pudiera volver atrás», quería decir: «Si pudiera no haber esperado tanto. Si pudiera haber tenido más dinero y menos responsabilidades, si pudiera haber vivido mejor», cuando, en realidad, la vida no nos puede dar más de lo que nos da.

La muerte de mis abuelos me llegó a través de la aflicción de sus hijos, mis padres. Sin duda, la más dolorosa fue la de mi abuela materna. Mi madre fue más hija que madre. Sintió más necesidad de ser protegida que de proteger, de ser cuidada que de cuidar. En cambio, tuvo lo contrario y lo acató, lo soportó hasta que con la muerte de su madre se esfumó su último estado de hija. Mi abuela murió joven y de repente. En ese mismo repente, mi madre pasó a ser solo madre.

Sufrió lo indecible. Enfermó de tanto sufrir. Mi padre la consolaba, se esforzaba por sacarla del dolor, en tanto que el dolor se cebaba, día tras día, en ella y crecía como un monstruo. Yo llegué a ver a este monstruo: era muy triste y lloraba, no nos miraba, estaba ausente y, sin embargo, se pegaba a los muebles, al aire, a la comida, a las palabras y al tono de la voz. Era difícil luchar contra algo que no estaba fuera de las cosas ni de las personas, sino dentro, en ellas, alargando su sombra gigante hasta la puerta de la tienda de Aladino.

Esta muerte súbita se produjo en verano, por tanto el dolor también fue caluroso. Las siestas durante un mes fueron calurosas y dolorosas. En cuanto podía, me escapaba a lo de Aladino. Allí hacía fresco, y la vida era como antes. Las fuentes de aluminio se amontonaban gratamente junto a los cogedores de basura, los cubos de plástico y varias lámparas de cuentas de cristal. Él me dejaba zascandilear entre estos montones y sentarme un buen rato en una banqueta junto a las herramientas de jardinería. A veces se marchaba a tomar un café y si entraba algún cliente, yo tenía que salir corriendo a avisarle. Tenía remordimientos porque mientras estaba en lo de Aladino no podía ver el dolor y debía hacer un gran esfuerzo para imaginarlo. Sentía entonces mi indolencia y mi egoísmo en todo su esplendor.

Aquel verano estuvo lleno de contrastes: mientras que en mi casa sufría, fuera me divertía como una loca. O no hablaba o hablaba por los codos, hasta marear. Pasaba de no comer nada a atiborrarme. Y por último, yo no le gustaba en absoluto al chico que más me gustaba a mí, al primero que me gustaba con la fatal sensación de que sería el único.

Juventud

He regresado a la casa de La Cruz. Todavía no me he casado ni tengo una hija. Aún soy muy joven. Me doy cuenta de que mi juventud es una joya que solo podré lucir una vez. Aunque he de reconocer que fui joven muy poco tiempo, y ese tiempo no fue el mejor. Nunca logré pasar por la intensa juventud como mi padre. Mi madre cuando fue joven parece que fue alegre. Pero si ha habido una persona a quien el paso del tiempo le dolía, como una herida gangrenada o como lo peor que nos pueda doler, era mi abuela Antonia. Su principal preocupación, aparte de los zapatos, era la muerte. Le atormentaba la idea de dejar de vivir, y a veces pensando en ello lloraba. Porque llegado ese momento, los hijos y los nietos, si la vida seguía su curso normal, nos quedaríamos, su casa se quedaría, el mundo se quedaría. Y entonces todo le parecía poco. Le parecía poca la comida (comía hasta enfermar) y le parecían pocas las tierras (se metía en nuevos litigios). Desde que murió mi abuelo Miguel hace un año se ha quedado sola. Demasiado sola en medio de su casa y sus tierras. Las dos criadas que tiene no la soportan y cualquier día la abandonarán. Nos sorprende que aún no lo hayan hecho.

Hemos venido a verla mis padres y yo para proponerle vender la finca y repartir el dinero entre ella y sus hijos. Mi padre ya no viaja. Esta situación, a la que habían aspirado durante tantos años de vagabundeo, los pone nerviosos y los cohíbe. Les hace pensar que en el piso definitivo de Madrid envejecerán de un tirón. Por eso están pensando en comprar una o dos casas más y alternarlas. Un chalecito en la sierra y un apartamento en la playa, como tienen otras parejas de su misma edad y parecido pavor a languidecer. Vivir en varios lugares para dilatar el tiempo, para poder apreciarlo en lugares diferentes y así avanzar más a trompicones, poner alguna traba a ese discurrir constante y regular de segundos, detenerlo en cada quiebro hacia una de las casas alternativas. Pensaron que no era un proyecto imposible si Antonia estaba de acuerdo con la venta, lo que quizá la reconciliaría en el corazón de mi madre y también en el mío. Yo, a mi vez, deseo tener mi propia casa con mi propio tiempo. Me doy cuenta aquí mismo, junto a la tapia blanca, en este día blanco y frío, de que lo que deseo es liberarme de la juventud de todos ellos, de sus penas y alegrías. Quiero liberarme de su amor. Subo a la terraza de los manzanos y me quedo mirando el pequeño grupo de abajo. A Antonia se le ha pronunciado la frente y se le han empequeñecido los ojos y los pies. Lleva un abrigo negro con el cuello y los puños de astracán. Es tan menuda que parece un perrito de esos a los que les afeitan todo menos la cabeza y las patas. Discuten. Antonia es fuerte, mis padres débiles y sentimentales. Mi madre se pone la mano en los ojos desfondada, impotente. ¿Por qué llora? ¿Porque su suegra no ha cambiado, porque no ha cambiado ella? ¿Porque mi padre se ha resignado a una vida más serena? Y en ese momento siento que podría quedarme paralizada aquí mismo sin poder dar un solo paso como cuando tenía nueve años y deseaba con todas mis fuerzas que se besaran, cantaran, bailaran y nada los atormentase.